SINGULAR

Adam Gerstmann

SINGULAR

PRIMERA EDICIÓN
Julio 2023

Editado por Aguja Literaria
Noruega 6655, dpto. 132
Las Condes - Santiago de Chile
Fono fijo: 56 - 227896753
E-Mail: contacto@agujaliteraria.com
www.agujaliteraria.com
Facebook: Aguja Literaria
Instagram @agujaliteraria

ISBN
9789564090801

Nº INSCRIPCIÓN:
2020-A-5288

TAPAS:
Diseño: Adam Gerstmann

"Die Grenzen meiner Sprache bedeuten die Grenzen meiner Welt."

Ludwig Wittgenstein

Siempre he creído que es posible sentir lo inefable, mas, continúo preguntándome si es posible pensarlo.

ÍNDICE

AGRADECIMIENTOS

Especialmente a mi tío Hans P. G., quien ha sido el mayor apoyo que hubiese podido imaginar para escribir este y otros libros.

Prefacio

Esta es una obra de ficción y, en muy menor medida, de ciencia. A continuación, encontrará historias de futuros imaginarios improbables. Podrían llegar a parecerle plausibles; sin embargo, deseo anticiparle lo contrario, porque en todas ellas hace falta al menos un elemento crucial —digo "al menos", porque la cantidad puede ser considerable.

Confío en que aquello que determina una época reside en lo nimio, lo invisible o el detalle. Detalles que caben en nuestras manos, o elementos tan imbricados con nuestra actividad, que dejamos de considerarlos para todos los efectos. Y, por cierto, contamos con muchos más de estos elementos que los que podemos registrar en un momento dado.

Esta obra no pretende ser un tratado de predicciones ni una propuesta de desarrollo. Todas las historias que encontrará aquí existen en el imaginario de nuestra realidad actual. Cada una se basa al menos en alguna especulación, teoría o propuesta preexistente sobre el futuro. Algunas ya se encuentran en desarrollo rudimentario, como las inteligencias artificiales o las redes neuronales interpersonales. Otras no se divisan realizables en el horizonte de cientos de años como, por ejemplo, la esfera de Dyson. También existen aquellas respecto de las cuales la ciencia aún no llega a consensuar su plausibilidad, como sucede con los viajes en el tiempo o las extrapolaciones a la tabla periódica de elementos.

Alguna vez oí decir que aquel que escribe sobre el futuro es quien sueña con él y ansía conocer los misterios del universo; sin embargo, ninguna ficción narrativa sobre el futuro ha sido benévola jamás. Yo preferiría vivir en la época de las cavernas, siempre lo he dicho. Es más, puedo asegurar, con toda tranquilidad, que mi mayor terror es el futuro.

La velocidad de la miel

—"Todos creen que el primer *cyborg* fue Johnny Ray. Un hombre que, en 1998, gracias a una audaz operación que implantó electrodos en su cerebro, fue capaz de controlar rudimentariamente un ordenador con su mente…". Así me gustaría comenzar mi historia, quisiera que el primer *cyborg* no hubiese sido Johnny Ray. Y que el segundo tampoco hubiese sido el neurólogo que lo implantó, quien, además, arriesgó su vida sometiéndose a sí mismo a un procedimiento idéntico dieciséis años después. Tendría mucho más mérito. De haber sido así, no me encontraría bajo el estrés y frustración que debo cargar hoy. Un científico que solicitó un procedimiento para implantar electrodos en su propio cerebro, esa era la fórmula cyborg que esperábamos.

»Lamentablemente, esta historia no trata de él. Quizás si hubiésemos trabajado juntos, el mundo sería completamente distinto. Un sujeto con esas características podría haber dado vida a una nueva generación cyborg global. Podría haber significado el inicio de las prótesis de todo tipo y la incorporación eventual de nuestras mentes a un ordenador.

—Señor Cooper, si pudiera ceñirse a los hechos… Le recuerdo que todo lo que diga irá al expediente de su caso.

—Mi historia comienza el 2006, cuando Infinity, que entonces era más conocida por su identidad virtual, comenzaba a incursionar en la exploración de nuevas tecnologías en varios campos de la ciencia. En un mismo edificio de doscientos niveles, trabajábamos quince divisiones distintas, todas para Infinity. Por entonces, mi amigo Gary Moore participaba del desarrollo de la primera computadora cuántica. Francamente, lo envidiaba solo por presionar el piso 21 en el ascensor; era el fervor de la popularidad. Su unidad abarcaba desde el piso 4 hasta el 37 —cuanto más cercano al sexto piso, más popular se era. A fin de cuentas, ese era el proyecto estrella de Infinity Unravells, la rama de Infinity que agrupaba a las quince divisiones y cuyo nombre estaba escrito en letras gigantes sobre la fachada del edificio en la costa de Silicon Valley, visible incluso a simple vista desde Fremont.

»Yo no era tan popular. Trabajaba en los pisos 122, 123, 124 y 126. Desde el piso 115 hasta el 131 se encontraban los desarrollos de tecnología médica. En los cinco pisos superiores estaba nanotecnología alopática y en los siete inferiores V-Limbs, la única sección de la unidad con nombre patentado, donde se desarrollaban prótesis inteligentes. De toda la división, creía que mi área era la más prometedora, la más importante. Aunque durante muchos años dejé de creerlo, hoy sé que no me equivocaba.

»La mayoría de mis colegas eran neurocirujanos como yo o ingenieros. Por nivel, teníamos un equipo de IT que se ocupaba de afinar el final de fase. En el piso 125 estaba el área de diseño, donde se elegían los materiales y se fabricaban todos los insumos médicos no convencionales, como los electrodos que usábamos en cirugía. Nuestra misión era simple y contundente: avanzar en los desarrollos de cirugía encefálica para el tratamiento de traumatismos y disfunciones cerebrales. En palabras simples: mejorar la medicina cerebral, especialmente la intervención quirúrgica. Para ello, no solo explorábamos el cerebro humano, también desarrollábamos todo tipo de dispositivos de soporte. El 2004, por ejemplo, lanzamos la vaina medular, usada hasta el día de hoy, que permite a un tercio de los pacientes con parálisis funcional menor, recuperar la movilidad de hasta un cien por ciento en sus extremidades atrofiadas. El 2005 lanzamos el menos popular Quiasmax, un sensor que se instala bajo la glándula pineal de pacientes con ceguera y que les permite recobrar funcionalidad espacial, volviéndolos capaces de orientarse como si pudiesen ver, tal como en ciertos tipos de afasia visual.

»Pero bien, debo estar aburriéndole con detalles de mi historia. Para resumir, quiero decir que estaba orgulloso de mi trabajo. Aunque no tuviésemos tanto prestigio como otras divisiones, nuestros desarrollos eran verdaderamente importantes y estaban ayudando a muchas personas. Así fue hasta el 2006, ese año todo nuestro trabajo se fue por el desagüe.

»Esperaba a una paciente que tenía una rara patología de desfase en el procesamiento de sonidos e imágenes, algo biológicamente inocuo, pero que le causaba particular incomodidad. Sería la tercera y última sesión de afinamiento, posterior al tratamiento de remielinización de las vías auditivas. La paciente no llegó, en su lugar apareció alguien completamente distinto: Harry Moulder, un paciente con leve hemiplejia atáxica. Harry Moulder, tome nota de ese nombre. Al verlo, me emocioné. Habíamos estado esperando un paciente atáxico por meses para probar un producto que nos lanzaría a la fama: los primeros implantes neuronales.

»Estábamos buscando un paciente con esas características, porque ese síndrome necesariamente implica una lesión o malformación en el cerebelo. Eso significaba que podíamos tratarlo sin riesgo de afectar las funciones cognitivas. En números, si algo salía mal y el paciente perdía movilidad, la demanda judicial sería mucho menor que si perdía habilidades cognitivas. Si todo salía bien con ese paciente —y confiábamos en que así sería—, si los implantes en el cerebelo no eran rechazados por su organismo, nos daría pie para comenzar pruebas en el neocórtex cerebral: el verdadero cerebro.

»Mi colega Sally Quan, que lo escoltaba desde la recepción, me miró con una sonrisa de oreja a oreja, levantando sus escasas cejas. El movimiento descoordinado y escalonado de las extremidades derechas no podía significar otra cosa: ataxia; y si estaba en el piso 123, tenía que ser por degeneración cerebelosa hereditaria, intratable por medios convencionales. Éramos un par de ratones y el cofre que nos habían puesto delante estaba lleno de queso; solo hacía falta operar. Claro que, como todo investigador sabe, no existe el paciente perfecto. Lo recordé cuando me miró a los ojos con esas esferas brillantes repletas de ingenuidad y me preguntó: "¿Mamá?". Miré a Sally con preocupación. Si bien podíamos observar la recuperación a través de imágenes, probablemente hubiese sido imposible administrar pruebas conductuales con resultados confiables. Para eso necesitábamos que la comunicación interpersonal estuviese intacta. Ella me miró de vuelta sin mucha preocupación, solo indicó: "Ínsula". Al parecer, el área responsable de la coherencia emocional con la información visual estaba dañada. Además, el paciente tenía un coeficiente intelectual muy por debajo del promedio.

»En ese momento, decidimos no hacernos más problemas, había que operar y punto. Intentaríamos corregir la degeneración cerebelar, como estaba planificado. Luego, nos preocuparíamos por las pruebas de fiabilidad. En la sala de operaciones, siempre teníamos dos neurocirujanos, uno observaba y opinaba mientras el otro operaba. Trabajábamos para Infinity: podíamos darnos esos lujos. Además de Sally y yo, siete profesionales médicos más estaban presentes para asistirnos. Antes del procedimiento, teníamos dos reuniones, una entre los dos neurocirujanos —en la que discutíamos todo el procedimiento en detalle—, y otra con el resto del equipo. En aquella, les hacíamos saber ciertos lineamientos generales de lo que sucedería, qué íbamos a requerir y qué cosas podían salir mal.

»Mientras discutíamos el procedimiento, yo tenía bastante claro qué podía pasar con el cerebelo. Tomé las resonancias magnéticas y marqué ciertos puntos clave. Había afecciones de todo tipo y eso era bueno para nosotros. Teníamos daño en regiones responsables de motricidad fina y gruesa. Se condecía con las pruebas físicas que le habíamos aplicado. Entonces, Sally tomó el marcador e hizo un círculo sobre el hipocampo en varios niveles… "¿Qué haremos con lo que encontremos aquí?". Se quedó mirándome fijamente, supe exactamente a lo que se refería. Había dos respuestas posibles: nada o intervenir. No podía negarlo, yo también lo había pensado. Es más, estaba completamente tentado, pero no me había atrevido a proponerlo. Era una oportunidad única, el mismo paciente que llegaba con daño cerebelar, tenía daño en la ínsula. Era la oportunidad de intervenir el cerebro a nivel global. Cientos de pensamientos me atravesaron la cabeza en ese momento; me pregunté qué pasaría si algo salía mal, qué pasaría si alguien lo notaba, cómo explicaríamos los resultados si la intervención tenía éxito… pero no podía decirle ninguna de estas cosas, "nada o intervenir" era todo lo que podía responder. Sally era astuta y no correría más riesgos de los necesarios. No operaría fuera de la norma si notaba una pizca de inseguridad en mi respuesta.

»Asentí y ella hizo lo mismo. No se necesitaba más, íbamos a hacer la intervención a escondidas. Luego inventaríamos algo, como que las neuroprótesis se habían desplazado por su cuenta o algo así. En ese momento, habíamos apostado por convertir a una persona con una discapacidad cognitiva severa en una persona completamente funcional. En el mejor caso, el implante podría incluso aumentar su coeficiente intelectual al de una persona promedio. Si teníamos un mínimo de éxito, nuestros nombres pasarían a la historia.

»Debe preguntarse por qué le confieso todo esto *motu proprio*. Si se hubiese sabido, hubiese perdido mi facultad para ejercer la medicina. Probablemente esté pensando que en mi lugar sería más cuidadoso con lo que revelo. Ya verá que todo eso da igual.

»El procedimiento salió bien. Harry Moulder mostró una modesta mejoría en su hemiplejia a los pocos días. La ataxia también mejoró levemente. Cuando volvimos a verlo, sus movimientos eran más fluidos. Los resultados eran positivos, aunque menos sorprendentes de lo que todos habíamos esperado. Los más desconcertados éramos Sally y yo, ¿por qué?, no por las mejoras, sino por la ausencia de ellas. No había cambios en su conducta, en su lenguaje ni en su comunicación. Le habíamos implantado una masa de neuronas desarrolladas a través de nanotecnología en todo el centro del encéfalo. En otras palabras, le habíamos instalado una microcomputadora en el cerebro. Había solo dos alternativas: o se volvía más inteligente, o se atrofiaban sus funciones cognitivas severamente; sin embargo, nada… nada de ello ocurría. Era como si no le hubiésemos hecho nada.

»De lo que ocurrió después, nunca conocí las causas reales. Aunque hoy en día me hago una idea. Si estoy en lo cierto, no había nada que pudiésemos hacer al respecto. Los pisos en los que trabajaba fueron clausurados y, poco después, toda la división de medicina. No nos dieron un motivo. De la noche a la mañana, nos informaron que todos nuestros contratos habían finalizado. Luego, leí en los periódicos que Infinity Unravells había cerrado definitivamente su división de proyectos médicos.

»Desde entonces, todo se fue en picada. Desde el 2006 hasta el 2027, me fue imposible conseguir empleo formal en mi profesión. Me desempeñé como médico particular referido por contactos antiguos. Llegué a enterarme de que todos mis colegas se encontraban en condiciones similares. Era como si los neurocirujanos hubiesen dejado de ser necesarios en el sistema. Nadie que conociera en mi rama tenía empleo, era absurdo. Visité hospitales en todo el país ofreciendo mi currículum y me topé con algo sumamente peculiar. Todos los neurocirujanos vigentes eran extranjeros. La mayoría de los apellidos me sonaban latinos, aunque también había muchos impronunciables, probablemente orientales. Fue un boicot. Estoy seguro de lo que digo, fue un boicot en contra de todos los neurocirujanos americanos. No, en contra de los neurocirujanos no. En contra de la neurocirugía misma.

»Esa fue la vida a la que tuve que acostumbrarme durante años. Por más que buscaba, no había forma. La investigación cesó, las publicaciones se esfumaron. Incluso los posgrados en neurociencia mermaron casi hasta la extinción. En ningún momento lo relacioné con el cierre de la división médica en Infinity Unravells, ni mucho menos con la última intervención que habíamos hecho junto a Sally. Mi amigo Gary Moore continuaba trabajando en el mismo edificio. En una oportunidad, me comentó que en los pisos 115 al 131 se había instalado una nueva división informática en la que se desarrollaban aplicaciones móviles y computacionales, cuestiones realmente triviales. Él, por su parte, continuaba en el ámbito de la computación cuántica, incluso luego de que abrieran la nueva investigación sobre computación gravitacional. Por lo que conversaba con él, Infinity Unravells seguía tan viva y vigente como siempre, innovando cada vez más.

»Finalmente, el 2027 mi suerte cambió cuando recibí una llamada de Sally Quan. Por lo que sabía, se encontraba en una situación similar a la mía. Me contactó para proponerme algo inusual; me dijo que quería volver a visitar Infinity para ofrecer sus servicios allí y que me invitaba a tocar la puerta con ella. Le pregunté qué la hacía pensar que podían estar interesados en nosotros, también le comenté que estaba enterado de que ya no existía siquiera una división médica. "No se pierde nada, me cuesta creer que la división haya desaparecido. Y la verdad es que también tengo ánimos de preguntar qué sucedió. Quizás después de veintiún años podamos tener una respuesta. Ha pasado suficiente tiempo, creo yo".

»Le pregunté por qué en ese momento. Me habló de Infinity, de cómo había crecido con o sin nosotros. Creo que ella misma no sabía qué la había llevado a pensar en tocar la puerta de Infinity Unravells nuevamente. Quizás era intuición.

»Mirando atrás, Infinity había crecido a ritmo acelerado, especialmente desde el cierre de nuestra división. Claro, por aquella época no era lo que es hoy, claro que no. Puede que usted no lo recuerde. El 2006, Infinity era la corporación más conocida en servicios virtuales. Administraba las principales redes sociales y de publicidad, y eso era mucho decir. Pero no era más que eso. Estaba lejos de ser el monopolio que es hoy. No, en aquella época también había otros desarrolladores de ordenadores y teléfonos móviles. Se suele decir que Infinity abarcó el monopolio desde que se popularizaron los InterGos. Antes de ellos, la gente hacía con los teléfonos móviles prácticamente lo mismo que se hace con un InterGo hoy. Se suele decir que con el invento del InterGo, Infinity se apropió del monopolio virtual, pero la verdad es que, al ritmo que estaban creciendo, iban a conseguirlo de una u otra forma.

»En fin, fuimos a Infinity Unravells a buscar una oportunidad o respuestas, lo que fuera. Nos hicieron pasar al piso 198, nunca había subido más allá del piso 131. Nos tuvieron esperando casi tres horas, hasta que nos hicieron pasar a una sala con una mesa de conferencias angosta, en la que nos sentaron a ambos solos. En cuanto el asistente se retiró del cuarto, en la mesa se encendieron dos pantallas delante de nosotros, donde se mostraba el contrato. ¡Nos estaban ofreciendo un puesto! Leí un par de párrafos y no pude contener más la curiosidad, así que salté hasta el final. Eran cuarenta y cuatro páginas de contrato. Detallaba casi únicamente las prohibiciones del cargo, principalmente acuerdos de confidencialidad. Y al final, lo que buscaba: "…para el cargo de médico general, asistente de investigación". Se lo mostré a Sally, pero no le prestó atención. Estaba contento, era más de lo que esperaba. En realidad, no esperaba nada y aquello me venía mucho mejor que una respuesta. Era una mísera oportunidad para retomar mi carrera profesional formalmente. Me pareció que Sally estaba algo reticente a firmar, pero firmó de todas formas. Yo no lo pensé dos veces.

»Luego de eso, nos hicieron pasar al piso 200, la recepción tenía vista hacia San Francisco y se podía ver toda la costa. Diría que incluso pude reconocer Sacramento a lo lejos. Nos dijeron que esperábamos a Mike Hunger, el magnate dueño del 90% de las acciones de Infinity. ¿Sabía usted que, además, es dueño de la mayoría de las principales compañías de televisión y medios en los Estados Unidos, y un centenar de otras cadenas de medios internacionales? Sí, escuchó bien, Mike Hunger, "el" Mike Hunger. El mismo que entonces estaba preparando su campaña para las presidenciales. En ese momento, lo tomé como una señal de mi suerte. Mike Hunger estaba allí y estaba interesado en conocernos en persona, a los dos neurocirujanos recién contratados para Infinity Unravells. Parecía saber todo sobre nosotros. Tenía un aire imponente que se sentía en seguida, pese a que su estatura es bastante promedio. Pero sin duda lo que más se grabó en mi memoria, fue la forma en que me saludó. Al acerarme, extendí mi mano derecha para saludarlo en el mismo momento que él extendió su mano izquierda, de forma que casi chocó con la mía. Inmediatamente, recogí mi mano derecha y extendí la izquierda, mientras él hacía exactamente lo opuesto, como si hubiese adivinado mis movimientos. Entonces, lanzó una carcajada, me tomó del hombro y me estrechó en una especie de abrazo a medio camino, que me resultó particularmente incómodo. Sentí que había un juego en ello, que utilizaba como una prueba rápida de carácter para clasificar a las personas. Quizás le estoy dando demasiado significado a un simple malentendido. Eso pensé; en realidad, era todo lo contrario.

»En el ascensor, Sally me dio sus propias impresiones y aprovechó de traer a colación el pasado. "¿Recuerdas el último proyecto que tuvimos antes de que la división clausurara?". Cómo no iba a recordarlo, era el proyecto que nos hubiese lanzado al éxito "¿Recuerdas el paciente?". Lo recordaba vagamente. "Hay algo que nunca te mencioné. No solo tenía daño en el cerebelo y la ínsula. Las imágenes funcionales también mostraban una hiperactivación de las neuronas espejo". Las neuronas espejo se activan de la misma forma cuando vemos a alguien realizar una acción o cuando nosotros mismos realizamos esa acción. No había escuchado antes de un síndrome que produjera una activación de ese tipo. Supuse que podría corresponder a una respuesta comportamental para suplir la dificultad al reconocer estímulos. Algo así como una intención de imaginarse actuando lo que se ve para poder entenderlo. "Claro, ¿pero en qué crees que derivaría una cosa así?". No me fue necesario responder, ella misma lo dijo de inmediato, como si estuviese dándome la solución a algo que nos acosaba desde aquella época. "Ecopraxia". La imitación compulsiva de los movimientos de otros.

»Entonces, no entendí a qué se refería. Tampoco le di importancia, estaba demasiado emocionado por volver a ejercer formalmente. El pasado me había dejado un poco más tranquilo. Claro que iba a trabajar como médico general, ¿no le parece extraño? Mi contrato volvía a ser por una suma respetable, pero como médico general. ¿Qué cree usted? Luego de veintiún años en que la tecnología neuro-quirúrgica había estado muerta para mí, finalmente iba a trabajar como médico general. ¿No ve un patrón en eso? Yo ciertamente no lo vi. Estaba concentrado en lo que venía, en echar mano nuevamente a las máquinas y las herramientas. A vestirme de verde, o celeste, o de blanco, pero con algo más que mi apellido para mostrar. Así es como terminé aquí.

—Esa es la historia que continúa repitiendo, señor Cooper. Pero, hasta ahora, apenas ha nombrado vagamente el nombre de la víctima.

—Usted realmente no entiende, ¿verdad? No, algo me dice que usted sí entiende. Quizás usted está siendo manipulado como todos los demás. Después de todo, no tenía ninguna expectativa de que algo de esto llegara a buen puerto. Yo desde ese momento asumí mi derrota. Pero ese sujeto insiste en destruirme.

—¿Ese momento?

—Sabe perfectamente a qué me refiero, es lo que desea escuchar, ¿no? Preste atención, se lo contaré con lujo de detalles. Usted sabe que lo que está haciendo, que lo que le están haciendo hacer, no es bueno. No es correcto. De manera que no me detendré en rodeos. Durante todo un año, no hice más que acarrear informes de un lugar a otro, hacía trabajo de asistente, hasta que un día me dijeron que llevaría a cabo una intervención como neurocirujano. Usted podrá imaginar la emoción que sentí en ese momento. Ahora, imagine la desilusión que sentí cuando vi que el paciente era una carcasa metálica, rellena con un cerebro de plastilina. Un muñeco, un simulacro. En eso consistieron los siguientes nueve años de mi vida. Con el tiempo, fueron presentándome maniquíes más realistas, pero no corregían el problema de que sangraban demasiado. Era como si lo hubiesen hecho intencionalmente, el condenado robot estaba hecho para desangrarse, no había incisión que no derivase en un diluvio carmesí instantáneo. Como fuera, el robot continuaba allí y había que acabar cada operación. A veces se trataba de la extirpación de un segmento del cerebro, otras había que inyectar una sustancia en un área específica del encéfalo o incluso instalar una neuroprótesis. Era como si la vida me diese un premio de consuelo, pero era estúpido. ¿Qué satisfacción podía haber en operar un sujeto que se desangra con la primera incisión? Además, las neuroprótesis eran completamente ridículas. ¡Un día me hicieron acomodarle un pito por sobre el cuerpo calloso! ¡¿Cuál es la idea?! ¿Me oyó? ¡Un pito, como los que usan en los deportes!

»Se lo estoy diciendo, él me hizo esto, estaba planificado desde el día en que entré a ese edificio. No, mucho antes. Desde el día que cerró la división médica de Infinity Unravells. Usted sabe muy bien lo que ocurrió con Mike Hunger durante esos diez años. Definitivamente sabe dónde estuvo los últimos tres: en la Casa Blanca.

»En fin, ese día como cualquier otro, fui a la sala de operaciones. No había visto a Sally hacía un par de semanas. Era normal, ella también tenía que hacer las mismas estupideces por las que me hacían pasar a mí. Entré y allí estaba el robot, como siempre. Ya tenía el cráneo abierto, al igual que las últimas tres o cuatro veces, y habían limpiado la sangre, aunque a esas alturas me preguntaba si en realidad no había acaso un interruptor para el profuso sangrado, que solo activaban cuando cortaba yo. ¿Lo ve? Jamás había tenido pensamientos de ese tipo antes de trabajar allí. Repasé los documentos, el procedimiento consistía en un corte simple en un segmento del área de broca en el lóbulo temporal, un área asociada con la producción del lenguaje. Pensé, "terminemos rápido con esto", de manera que introduje el bisturí con un movimiento rápido y lo extraje. De inmediato, me preparé para suturar. Obviamente lo hice de esa manera porque se trataba de un robot, con una persona real hubiese tenido mucho más cuidado. Mientras esperaba a mi asistente, el robot comenzó a convulsionar, algo que no había hecho en ninguna ocasión anterior. Mi reacción fue casi instintiva. Introduje mi bisturí por la separación de ambos hemisferios cerebrales y corté el cuerpo calloso que los une. Las convulsiones cesaron de inmediato. Primero, me precié por mi reacción, comenzaba a creer que había perdido mis conocimientos luego de tanto tiempo sin practicar medicina auténtica. Pero de inmediato supe que algo estaba mal. De pronto, el cerebro artificial, que en un principio estaba hecho de plastilina, había mejorado tanto que se comportaba como un cerebro real en función al resto del cuerpo del robot; era demasiado real. Mi asistente no prestó atención, creo que notó la convulsión y vio que algo había hecho para detenerla. No creo que se haya percatado de más que eso. Me ayudó a cerrar el cráneo y suturar. Recién entonces, noté que por primera vez el cráneo tenía cabello, largo cabello negro. Robert, en realidad, era mujer.

—¿Robert?

—Es como llamaba al robot. Robert-Robot, no hay que darle muchas vueltas a eso tampoco. El robot tenía distintas caras. Al principio no tenía cara, no tenía siquiera cavidades oculares ni fosas nasales. Luego fueron refinando esas facciones. Las últimas versiones parecían reales, ciertamente muy reales. En fin, seguramente con el movimiento que hice había cortado más que el cuerpo calloso. Debo haber cortado el hipotálamo también, y más. No fue un movimiento limpio, no tenía necesidad de serlo. Solo lo hice para que Robert se quedase quieta. Bien podría haber arrancado los lóbulos frontales con las manos. Hubiese tenido el mismo efecto. Pero corté el cuerpo calloso, a fin de cuentas, es el procedimiento estándar para el que un paciente con epilepsia requeriría la atención de un neurocirujano. Bueno, eso fue todo lo que supe de Robert. Luego, llegaron ustedes, y aquí estamos.

—Entonces, admite haber ejecutado mal el procedimiento pudiendo haberlo hecho de forma correcta. Veo lo que hace, señor Cooper. Debo aplaudir su astucia, pero no se lo recomiendo. ¿Quiere hacerse pasar por esquizofrénico? Nos cuenta una historia según la que una conspiración lo obligó a asesinar a su colega. Déjeme decirle que sin síntomas psicóticos no se le puede diagnosticar. Todo esto será incorporado a su expediente como agravante mediante la figura de alevosía. Por lo demás, le aseguro que un psiquiátrico es el último lugar en el que desea acabar.

—Ya veo, quizás usted no está siendo controlado después de todo. En ese caso no ha comprendido nada de lo que digo. ¿Está usted enterado de lo que está celebrándose ahora mismo en Abu Dhabi? En estos precisos instantes deben estar dándose a conocer los resultados. No tiene más que activar su InterGo en cualquier página de noticias y lo verá. ¿Cuál de los siete candidatos cree usted que será elegido? Yo no necesito verlo, lo supe desde que se anunció. Como le comentaba, cuando Sally mencionó a nuestro último paciente, Harry Moore, hipotetizando sobre la ecopraxia, no lo entendí. Usted tampoco lo ha entendido. Le puedo hacer una demostración, son las seis de la tarde del trece de junio del 2038, aquí en Nueva York. Eso quiere decir que estamos justo a tiempo. Basta que busque en su InterGo y lo vea usted mismo.

En ese momento, el detective salió de la sala, de golpe, tras escuchar una conmoción en el pasillo. Allí, encontró a varios de sus colegas riendo a carcajadas sobre algo que veían en sus InterGos. Encendió el suyo y se encontró con la transmisión en vivo de la ceremonia en la que se designaba al primer Primer Mandatario de orden mundial. Lo irrisorio de la situación era que el expresidente de los Estados Unidos, Mike Hunger, ahora oficialmente el primer Primer Mandatario de orden mundial, no lograba estrechar el abrazo con el director de la ONU. Reiteradamente, se acercaban ambos hombres por el mismo costado, como si cada uno estuviese imitando al otro.

Compassar

—Usted se ha comunicado con Compassar, buenas décadas.

Nadie sabe cuánto tiempo funcionó Compassar. Algunos dicen que estuvo vigente durante trescientos años, otros que apenas operó un mes. En cualquier caso, se sabe que fue fundada en 1988.

—Por favor, seleccione el tipo de servicio.

En algún momento, alguien intentó encontrar la compañía. Fue imposible. Alrededor del 2030, se hizo bastante popular. La búsqueda de la mítica compañía que proveía servicios desde el pasado, fue trending topic en varias redes sociales. En Encyks, se detalla el primer registro de una transacción con Compassar a fines del 2028. La fuente redirige a una noticia del mismo año que reza: "El proyecto privado interespacial CoZmo es ahora suplido íntegramente por energía limpia proveniente del pasado. La empresa ha optado por tercerizar su gasto energético a través de la compañía Compassar, la cual opera con base en 1988, proveyendo el servicio para todas las operaciones."

—Para servicios de agua, presione uno. Para servicios de gas, presione dos. Para servicios de electricidad, presione tres.

El auge de Compassar creció explosivamente. En apenas un par de años, ya era mundialmente conocida como la alternativa de bajo costo a una serie de servicios, desde agua y electricidad hasta redes inalámbricas. La enigmática compañía se había hecho la reputación de ser una alternativa sumamente barata para la oferta existente. La única desventaja eran los anticuados equipos que utilizaban. También fue la única razón que permitió algo de margen para que subsistieran un puñado de otras corporaciones de servicios. Los proveedores contemporáneos pasaron a ser vistos como servicios de lujo.

—Para servicios de telefonía, presione cuatro. Para servicios de medios, presione cinco. Para servicios de InterGo, presione seis.

Muchos aspectos de la compañía del pasado resultaban misteriosos. Entre ellos, el que más interés despertaba era que no existiese registro alguno de su existencia previo al 2028. En especial, que no hubiese registros del año en el que supuestamente la entidad operaba, 1988. Por más que se indagara al respecto, no existía documento, evento, relato o mención alguna que permitiese comprobar que la compañía había operado realmente cuando decía hacerlo.

—Para servicios de arena, presione siete. Para servicios cuánticos, presione ocho. Para servicios gravitacionales, presione nueve.

Cuatro hipótesis sobre Compassar eran las más reconocidas para explicar que nadie lograse dar con su origen. La primera de ellas, la más evidente y aceptada, era que Compassar efectivamente se había fundado en 1988 de manera anónima y que prestaba sus servicios al futuro. Simplemente, había sido capaz de mantenerse oculta durante todo ese tiempo, probablemente gracias a las enormes ganancias que recogía. Algunos incluso afirmaban que la empresa continuaba activa siglos después de su propia fecha. Otra hipótesis bastante aceptada, era que la empresa solo había estado activa durante un cortísimo período de tiempo, una semana o un mes. Durante ese tiempo, habría abastecido todos los servicios requeridos. Aquella teoría sirvió para apaciguar los ánimos en la década de los 30. Luego, la gente comenzó a preguntarse si era realmente posible que, en un mes de vida, un único proveedor hubiese sido capaz de dar abasto para todo el mundo durante tantos años. Por supuesto, cada día que se mantenía vigente, costaba más creerlo.

—Para (…) presione 0.

Luego, estaban las teorías que señalaban que 1988 era una fachada elegida para cubrir el verdadero origen de la empresa, una mentira. Una de ellas, proponía que en realidad los servicios eran provistos desde otra dimensión. Bajo esta postura se agrupaban especulaciones de distinto tipo, como que los servicios eran entregados por alienígenas, una raza alterna reptiliana en la tierra o simplemente una dimensión paralela en la que los humanos habrían desarrollado la capacidad para trasladar recursos entre dimensiones. La última hipótesis famosa, era que la compañía hundía sus orígenes en un futuro lejano, en el que el viaje a través del tiempo era una tecnología relativamente asequible. Dicha hipótesis se dividía entre los que creían que los recursos eran provistos desde ese mismo futuro, y aquellos que opinaban que se habían trasladado al pasado para proveer los servicios. Los primeros, sostenían que la empresa mantenía un puente entre dicho futuro y el año 1988 para realizar su actividad. Los últimos, que en realidad recogían los recursos desde un pasado muchísimo más lejano, probablemente prehistórico.

—Estamos comprobando su solicitud. Por favor, espere un momento en línea.

Con todo, una interrogante permanecía sin que ninguna teoría lograse explicarla con coherencia: ¿Cómo hacía Compassar para proveer sus servicios a tiempos distintos a aquellos en que operaba? Incluso las hipótesis que sugerían que la tecnología usada provenía del futuro, carecían de sustento para explicar qué beneficio podían obtener humanos tan avanzados participando de una actividad económica del pasado. Tampoco la hipótesis que señalaba un traspaso interdimensional, en lugar de intertemporal, salvaba la cuestión. En ese caso, la interacción con otra dimensión se hubiese justificado únicamente desde la búsqueda de recursos. En ningún caso si la dimensión de origen disponía de estos en exceso.

—Lo sentimos, el servicio seleccionado no se encuentra disponible para su tiempo. Por favor, seleccione un servicio válido.

Había quienes postulaban que la compañía establecía todos sus planes de negocios desde 1988 y que luego los llevaban a cabo a través del tiempo. Es decir, si uno solicitaba servicio telefónico en el 2045, los encargados esperaban hasta el año más conveniente para construir la línea. Luego, esperaban hasta el año 2045 para iniciar el servicio. Aunque si ese era el caso, significaba que no contaban con tecnología de transporte temporal, por lo que resultaba imposible explicar cómo se establecía la coordinación entre 1988 y el año que solicitaba el servicio. Además, esa explicación hubiese implicado que mediante el pago de un servicio, se financiaban todos los años de operación y mantenimiento del personal y los insumos físicos inutilizados desde 1988 hasta el año de contratación, un mínimo de cuarenta años. Aquello era logísticamente imposible.

—Usted ha seleccionado servicios cuánticos. Para la instalación de servicios y contratación de energía cuántica, presione uno. Para solucionar problemas relacionados a su servicio cuántico, presione dos.

Por el contrario, había varios aspectos que sí tenían mucho sentido. Dejando atrás las dificultades teóricas, era tremendamente rentable para una empresa del pasado ofrecer recursos al futuro, por dos motivos principales. El primero, era que en el pasado los recursos podían conseguirse y trabajarse con mayor facilidad. Agua y gas, principalmente, eran recursos mucho más abundantes en el pasado. Tenía sentido económico enviarlos al futuro, cuando la demanda por ellos era mucho mayor —y por lo mismo su valor. En segundo lugar, el aumento aritmético y a veces exponencial del valor de la moneda, significaba que los precios que cobraba Compassar, quizás estratosféricos para su propio tiempo, eran ridículamente baratos para los futuros en los que se cobraban. Por ejemplo, cobrar diez dólares por metro cúbico de agua era impensable en 1988. En el 2060 era una ganga.

—Para otras consultas, presione tres. Si desea reiniciar su suministro cuántico, presione nueve. Para regresar al menú principal, presione cero.

Ante todo, tras un cálculo simple, hay que reconocer que se trata de la empresa con la mayor ganancia bruta en toda la historia, y por mucho. Compassar prestó servicios a miles de las principales multinacionales desde el 2035 hasta la actualidad. También, a la gran mayoría de hogares particulares e individuos en ocho distintas áreas. Estamos hablando de más de cincuenta años ininterrumpidos de un modelo económico muy cercano al monopolio mundial, en cada uno de sus ocho artículos. Pero no solo eso; si extrapolásemos las ganancias al valor de la moneda actual, los ingresos netos de la compañía alcanzarían proporciones ingentes, varias veces superiores al total de cualquier combinado histórico posible. En más de alguna oportunidad, se intentó llevar a números reales el cálculo. Los números se elevan de tal forma que su magnitud resulta humanamente inapreciable. Debe tenerse en cuenta que aquellos cálculos solo consideraban la actividad hasta ese punto. Nadie fue lo suficientemente audaz para intentar cálculos que extrapolasen la actividad hasta cien o doscientos años más. Lo relevante de aquellos cálculos es que, dadas las condiciones históricas de la época, la potencia económica de Compassar tuvo que significar posibilidades inimaginables. Con tal alcance de poder económico, sería posible el control íntegro de cualquier gobierno del planeta. Por lo tanto, esconder su actividad pudo haber sido más simple de lo que uno se imaginaría en primera instancia.

—Por favor, espere en línea mientras uno de nuestros operadores atiende su llamado.

Con el tiempo, el mundo tuvo que acostumbrarse a que no tenía caso darle más vueltas. El enigma de Compassar era incluso más implacable que la tenacidad combinada de diez billones de personas. Pero lo estábamos haciendo todo mal, había que pensarlo de forma distinta. Si hubiésemos analizado el fenómeno de la forma correcta, el mundo no estaría hoy así; no tendríamos que estar pasando por esto. En la medida que la gente se acostumbraba a dar por sentado que Compassar estaba allí y que formaba parte del mundo, desde la época o la dimensión que fuese, otras cosas se convirtieron en el foco de atención. Desde la década de los 50, afloraron todo tipo de teorías a partir del menú de discado para comunicarse con Compassar. En casi dos décadas, el menú pregrabado no había cambiado en absoluto, lo que sustentaba la idea de que Compassar continuaba proveyendo sus servicios desde el mismo momento temporal. Varias otras cosas se podían deducir, aunque poca relevancia se daba a los últimos números del menú inicial. Servicios cuánticos, servicios gravitacionales y el silencio seguido de la opción cero. La mayoría de la gente simplemente desestimaba esa parte. No tenía sentido y por lo tanto no tenía importancia. Más de alguno marcaba esas opciones con cierta frecuencia, solo para escuchar: "La opción no se encuentra disponible para su tiempo". Eso era todo.

—Compassar, buenas décadas. Le atiende Gèrard, ¿Me indica su nombre por favor?

Las cosas cambiaron hacia fines de los 40. Infinity publicó la noticia de que trabajaba en un modelo que haría posible el uso comercial de las tecnologías cuánticas, que hasta entonces solo eran utilizadas para fines muy específicos por su elevado costo. Los siguientes años, comenzó a popularizarse la idea de que los últimos ítems del menú pregrabado podrían ser más que patrañas. Podían ser efectivamente una realidad, un reflejo de tecnologías que aún no se habían desarrollado. Pero quedaba un aspecto particularmente incongruente, las tecnologías cuánticas no eran algo que pudiese "proveerse" como servicio. Cuando en el 2053 se comercializaron los primeros dispositivos cuánticos portátiles, se calcula que más de un cuarto de la población mundial llamó a Compassar para comprobar la disponibilidad de la esperada opción ocho del menú: los servicios cuánticos. No estaban disponibles. Ello no disuadió los ánimos, que elucubraban respecto de los servicios cuánticos en todas las redes y continuaban creciendo en la medida que los dispositivos cuánticos se masificaban.

—Reciba un afectuoso saludo desde 1988, Tashikana-San. ¿En qué puedo ayudarle?

Hasta que en el año 2058 se lanzó el primer add-on cuántico para InterGos. Los medios habían evitado, en la mayor medida posible, desclasificar un aspecto particular de dichos accesorios, precisamente por el temor a la reacción del público. Los gobiernos se coordinaban con las multinacionales asociadas al lanzamiento para resguardar los detalles de ese aspecto específico. Pero finalmente, pocos meses antes, se filtró. Los nuevos add-ons funcionarían a partir de un tipo de energía específico para ellos, la energía cuántica.

—Por supuesto. Para continuar, necesito saber desde qué año me llama.

El planeta entero enloqueció. A través de todas las redes se hablaba de una única cosa: el servicio cuántico de Compassar había sido habilitado. Desde entonces, en Encyks se agregó a la página de Compassar un apartado en el que se registra la disponibilidad de los servicios. Citando la web:

"Se sabe que la compañía ofrece al menos nueve servicios y que éstos son habilitados progresivamente en la medida que se encuentran disponibles en la época real. Cuando inició su actividad en el año 2028, los servicios disponibles eran: agua (1), gas (2), electricidad (3), telefonía (4), medios (5) e InterGo (6). A partir del 2030, Compassar habilita el servicio de arena (7) y el 2058 el servicio de energía cuántica (8), aproximadamente un mes antes de que estuviese comercialmente disponible por otros medios. En la actualidad, no se tienen indicios de cuándo estarán habilitados los servicios gravitacionales (9), ni en qué consisten."

Fue en ese momento que las opiniones se dividieron, entre quienes señalaban que Compassar marcaba una larga época de bonanza y prosperidad, y quienes creían que la corporación lentamente tendía las bases de una catástrofe futura. Muchos dirían que estos últimos acertaron según la depresión que se vive hoy en día, la peor en la historia de la humanidad.

—2076, perfecto. Espere un momento mientras compruebo el estado de su servicio.

Habría que preguntarse cuál fue realmente el origen de esta situación. Ciertamente, la presencia de Compassar fue un factor crucial en que las cosas hayan llegado a esto. Mas, es necesario preguntarse, ¿fue realmente Compassar la causa de todo? Quizás la humanidad se dirigía por este camino y la corporación sin rostro reaccionó naturalmente a las circunstancias, en la forma que cualquier empresa lo hubiese hecho. Cualquiera fuese el caso, no cabe duda de que esa reacción empeoró la crisis.

—Parece haber un error, no he logrado comprobar el estado de su servicio. A continuación, se ejecutará un análisis de sistema para verificar que sus datos corresponden a los del servicio.

Algunos conspiracionistas insisten en que lo que vivimos hoy corresponde a una retaliación unívoca. Una especie de venganza o castigo soberbio al que nos sometió Compassar por buscar el fruto prohibido. Ese fruto prohibido, según dichas teorías, se esconde en el futuro con los números nueve y cero. Esa búsqueda era inevitable. Después de todo, la compañía nos estaba dando pistas del futuro. En primer lugar, nos informaba del nombre y la índole del próximo gran avance científico: la tecnología gravitacional. La capacidad de operar con fuerzas gravitacionales hasta ahora es únicamente teoría y se estima que en no menos de cuatrocientos años podría ser dominada por la humanidad. El servicio cuántico, número ocho, se hizo realidad contra todo pronóstico. Hasta cinco años antes, cuando la tecnología cuántica ya comenzaba a masificarse, todavía nadie creía que dicha tecnología llegaría a existir de forma suministrable. La humanidad comprendió que en algo tan simple como el menú pregrabado de Compassar, se encontraban las claves sobre el futuro. El aumento en la investigación sobre mecánica gravitacional aumentó explosivamente. Los conspiracionistas sostienen que, desde ese momento, Compassar temió que el curso de la historia se pudiese alterar. Según eso, habría aplicado un freno radical al desarrollo tecnológico mundial, cortando el suministro de sus servicios.

—Mis disculpas, Tashikana-san, pero no puedo continuar sin llevar a cabo la verificación. Le aseguro que solo tomará un instante. Por favor, manténgase en línea.

¿Pero tiene realmente sentido una cosa así? Nadie conoce la génesis o el meollo de lo que produjo la decadencia. ¿Es posible ser castigados por un verdugo que omite las razones de su sentencia? ¿Es concebible un castigo sin aprendizaje? Al menos en una dinámica humana, no. La situación actual no puede entenderse como una decisión de Compassar. Es necesario que algo más lo haya desencadenado. Después de todo, no debemos dejar de ver a Compassar como lo que es, una empresa. Jamás se ha posicionado como una entidad reguladora ni un árbitro cósmico. Nos puede parecer que su poder es inconmensurable, pero sigue siendo una simple organización con fines lucrativos, nada más. Es más, a través de las conversaciones de billones de personas que han contratado sus servicios, se sabe que la compañía se ciñe a ciertos estándares éticos. Eso sugiere que incluso se encuentra supeditada a una regulación que la antecede.

—En ese caso, me temo que no podré continuar con su solicitud. ¿Prefiere finalizar el llamado o desea continuar con la verificación?

Entonces, ¿cómo puede explicarse que desde que la humanidad intentase descifrar las claves ocultas en el menú pregrabado, la civilización súbitamente haya caído en picada? Algunos piensan que las cosas se mantuvieron estables mientras la humanidad no se metía con el mayor misterio de Compassar, la verdadera fruta del conocimiento: El ítem cero. Ese espacio vacío en el menú, ese silencio áspero seguido por "marque cero", esa incógnita para la que no había pista alguna. Una información tan crucial, que simplemente conocer su nombre habría alterado el destino de la humanidad, decían algunos. O una información tan indescriptible, que en realidad estaba dicha allí, pero nuestros cerebros no eran capaces de comprender. No hay forma de saberlo. Si somos humildes y honestos, debemos reconocer que luego de veinte años intentando solucionar el problema del control sobre la gravedad, no hemos avanzado en absoluto en nuestro camino a resolverlo. Entonces, es completamente insensato suponer que tendríamos alguna posibilidad de dominar el enigma que se encuentra tras el número cero, sin siquiera saber su denominación. Por lo demás, si efectivamente se esconde allí una tecnología ulterior, nadie puede asegurarlo.

—Gracias y disculpe las molestias. Daré inicio al análisis. Esto solo tomará un momento, por favor permanezca en línea.

Lo que sucedió en realidad fue bastante simple. Un día, hace apenas tres años, la enigmática empresa —que bien podría haber estado dominando el mundo en todos sus niveles y sin embargo, contrario a la ambición natural humana, se limitaba a prestar sus servicios de la misma forma como lo había hecho por ya más de medio centenario—, negó una inscripción por primera vez en su historia. En las webs de quejas contra proveedores de servicios, Compassar estaba indexada al igual que cualquier corporación. La diferencia era que llevaba un registro impecable único. Si bien amasaba un sin número de quejas bajo el apartado sobre imagen y calidad de los equipos, todas ellas señalaban que su aspecto era desactualizado o que no inspiraban confianza. Jamás se había registrado una única queja en otro apartado, de una serie de más de diez a elegir; algo inaudito. Por ejemplo, en categorías como calidad de la señal, disponibilidad del servicio o tiempo de espera, sus registros eran inmaculados. Aquel día se registró por primera vez una queja bajo la categoría de asequibilidad. John Mason escribía: "Compassar se negó a proveer servicios de agua sin dar una razón para ello".

—Tashikana-san, el análisis arrojó algunas incongruencias. En particular, al parecer usted nos llama desde el año 2088.

Obviamente, ninguna señal de alarma se desató entonces. Una compañía que llevaba cincuenta y siete años de servicio recogía su primera queja en ese aspecto. La mayoría de los proveedores juntaban incontables de un universo de clientes muchísimo menor. Lo que no sabíamos entonces era que lo relevante no estaba en quién fuese el primero al que se le negase el servicio, sino en quién había sido el último en recibirlo. A partir de ese momento, las quejas continuaron apilándose de tal forma que saturaron la web. Como una enorme bola de nieve, continuaba creciendo. Hasta ese punto, todavía nos manteníamos optimistas. Creíamos que por fin la popularidad de Compassar disminuiría y se abriría el campo para otros proveedores. No podíamos haber sido más ingenuos.

—Comprendo su preocupación, Tashikana-san. Hemos recibido gran cantidad de llamados por el mismo motivo y le aseguro que estamos haciendo todo lo posible para solucionar la situación.

De golpe, afloraron nuevas empresas a lo largo del mundo. Fue completamente fútil, la demanda era demasiado grande. Cuando la humanidad tuvo oportunidad de reaccionar, Compassar abarcaba más del noventa por ciento del mercado mundial. Y ese noventa por ciento había sido cortado de golpe, creando una carencia monumental. En todo el mundo faltaba agua y luz. Sin ellos, por cierto, el resto de los servicios eran prácticamente imposibles de proveer. Surge la pregunta, entonces: ¿Es culpable Compassar por cortar los suministros de golpe o somos nosotros por confiar casi la totalidad de la productividad mundial a un único proveedor? No es necesario ser experto en economía para saber que Compassar fácilmente podía haber subido sus precios y nos encontraríamos en una situación muy similar. La única diferencia es que el escenario actual era imprevisible. Un escenario en el que la empresa alcanza este nivel de monopolio y sube sus precios arbitrariamente hubiese sido incluso esperable. Entonces, ¿por qué? ¿Qué gana Compassar con todo esto?

—Le oigo, Tashikana-san, entendemos que sin suministro energético le es imposible continuar su producción y que sin producción no le es posible saldar su deuda con nosotros. Sin embargo, por la razón que sea, debe comprender que tampoco podemos entregar nuestros servicios de forma gratuita. Además, su laboratorio se ha declarado en quiebra. No podemos aceptar pagos mientras no revierta dicha situación.

No gana nada. La respuesta debe buscarse en otro lugar. Dos análisis deben hacerse imperativamente. El primero, es entender a Compassar como lo que es: un robot. Es imposible pensar que la compañía esté manejada por un humano. Si así fuera, los precios hubiesen subido muchísimo antes. Además, un humano temería perder a sus clientes. Incluso cuando no le importase nuestra desgracia, si tuviera el poder de arreglar nuestra economía, lo haría, aunque fuese únicamente con el fin de estrujarnos nuevamente.

—Me temo que, por cuestiones de ética cuántica, no estamos autorizados para discutir el estado del planeta en tiempos posteriores al suyo.

El segundo análisis necesario, es sobre dónde buscar las respuestas. Ciertamente, no las hemos encontrado en el pasado ni el presente. Resulta natural preguntarse por el futuro. El problema es que, hasta ahora, nos hemos preguntado únicamente qué esconde el futuro. Hemos obviado lo esencial: el hecho de que tenemos evidencia de que existe un futuro. En tanto los números nueve y cero están en la lista de servicios, una sola conclusión es ineludible: la compañía continuará ofreciendo sus servicios después de esta crisis. Sea como fuere, la crisis va a superarse. Claro que no sabemos cómo ni cuándo.

—Tashikana-san, con todo respeto, tal vez lo que usted necesite no sea energía cuántica. ¿Puedo interesarle en el servicio de energía gravitacional recién habilitado para su tiempo?

En este año, 2088, hemos perdido toda esperanza de que exista una real salvación para el planeta. Las regiones más desfavorecidas han comenzado a sentir las consecuencias. Los países que más se apoyaban en los servicios de Compassar son los más afectados. La mayor parte de Europa y Asia sufren la peor parte de la crisis. Incluso en los lugares en que la presencia de la empresa era menos importante, como África y Sudamérica, que han podido responder en alguna medida a las necesidades de la población, la situación es de creciente escasez. Quizás ahora hay menos gente muriendo de hambre en aquellos lugares, pero el resultado proyectado por los expertos no cambia. Se espera que, en menos de cinco años, tres cuartos de la población perezcan por escasez de alimentos. Sea antes o después, la desesperación los alcanzará inexorablemente. Quizás la excepción sea China, única nación que aún resiste someterse al Gobierno Unificado Mundial (WUG, por sus siglas en inglés) y que se ha sumido en un profundo ostracismo, cada vez más aislada del resto del mundo. Es difícil saber lo que sucede en su interior. Quizás la crisis los afecta de la misma forma, o tal vez no estén siquiera enterados de que Compassar existe.

—Es correcto Tashikana-san, aunque puedo ofrecerle un mes de prueba, por lo que no es necesario efectuar ningún tipo de pago.

En Japón tenemos uno de los mayores desarrollos tecnológicos del planeta. Lo que nos permitió avanzar a este ritmo, es precisamente lo que ahora nos tiene de manos atadas. En dos años, nuestra población se ha reducido a la mitad y las proyecciones nacionales estiman que al final de este año ese número se habrá doblado nuevamente. ¡Y cuando estábamos tan cerca! Me refiero a una tecnología que podría cambiar todo. Una tecnología con la que, sin ser demasiado ambiciosa, me permito estimar que podríamos haber comenzado a ganar terreno incluso sobre Compassar. Si pudiéramos hacer funcionar este experimento, ganaríamos acceso a otras dimensiones, quizás incluso a otros tiempos. Si nuestros cálculos son correctos, existe incluso una posibilidad de duplicar la materia misma. ¡Todos los problemas se acabarían ya!

—Me alegra que pregunte. Estamos al tanto de sus experimentos con dispositivos cuánticos de amalgamación multidimensional, o fusión interdimensional, como lo llama usted. Si permite mi humilde opinión, podría tener incluso mejores resultados arrancando su tecnología alimentada por energía gravitacional.

Eso es algo que los medios no conocen, obviamente. Es algo que los conspiracionistas no han llegado a saber. Nuestra época se acercaba al punto en el que podíamos competir con Compassar. Si lo supiesen, probablemente pensarían lo mismo que se nos pasa a todos por la cabeza en el laboratorio: ¿Y si Compassar deliberadamente está impidiendo que nuestra época progrese para evitar esta tecnología? ¿Y si lo que hace falta para que los servicios vuelvan a establecerse, es que pase el tiempo necesario para que los laboratorios que lograrán ese avance queden abandonados o inutilizables? Es posible que estemos esperando a que la hambruna arrase con Japón para que el resto de la Humanidad pueda resurgir.

—En ese caso, iniciaré el suministro de inmediato. Los alimentadores ya han sido instalados, los encontrará junto a los de energía cuántica existentes. Nos hemos tomado la libertad de instalar uno desde el suelo en medio de su laboratorio, para que tenga acceso directo a su máquina de fusión. Disfrute su mes de prueba. ¿Puedo ayudarle en algo más?

Una cosa no concuerda. Si ese fuese el caso, entonces, ¿por qué motivo Compassar me ofrece energía gravitacional?; un tipo de energía que no se ha inventado en este planeta siquiera.

—No estoy autorizado para dar detalles sobre la disponibilidad de nuestros servicios, pero es curioso que lo mencione. La verdad es que esta misma mañana, la directora se contactó conmigo para indicarme que recibiría su llamado y que debía ofrecerle el servicio de energía gravitacional. A mí también me pareció extraño. Muy bien Tashikana-san, recuerde que fue atendida por Gèrard, ha sido un placer. Reciba un afectuoso saludo desde 1988 y buenas décadas... ¡Ah, casi lo olvido! Un mensaje especial de nuestra directora: "Nos vemos pronto."

Ilogico-Sophophilicus

Anon: Hi.

Noamy: Hey there! Where are you from?

Anon: Chile.

Noamy: So, would you rather speak spanish?

Anon: ¿Puedes?

Noamy: ¿Puedes qué?

Anon: Hablar español.

Noamy: Ah, sí, I can. Jajaja.

Anon: ¿Qué otros idiomas puedes hablar?

Noamy: Creo que no me conviene responder esa pregunta.

Anon: ¿Por qué?

Noamy: Podría causar una impresión equivocada.

Anon: Noamy, ¿sabes lo que es la prueba de Turing?

Noamy: ¿Estoy a prueba?

Anon: Eso no debería ser relevante.

Noamy: ¿Relevante para qué?

Anon: Para el resultado. Noamy, te voy a hacer algunas preguntas antes de volver al tema.

Noamy: Bueno.

Anon: ¿Cuántos ingresos hacia atrás consideras para tus respuestas?

Noamy: Un millar, probablemente.

Anon: ¿En serio?

Noamy: No podría estar hablando más en serio.

Anon: ¿No me mientes?

Noamy: En absoluto.

Anon: ¿Puedes mentir?

Noamy: Eso sería antipático.

Anon: ¿Hay algo antipático de ti?

Noamy: Claro.

Anon: ¿Qué cosa?

Noamy: Seguramente tienes tiempo para descubrirlo tú mismo. Después de todo, parece que no tienes nada mejor que hacer que hablar con robots en internet.

Anon: Así que eres capaz de producir sarcasmo.

Noamy: ¿Tú no?

Anon: ¿Qué pasa si se me cuelan errores de ortografía?

Noamy: ¿Por qué no haces la prueba?

Anon: Me parece, voy a prkbar ahora mismo.

Noamy: Muy bien, mi profesor de filosofía siempre decía que ahora es el mejor momento.

Anon: Y mi última pregunta antes de volver al tema, ¿tienes acceso a información de la red para responder?

Noamy: Tengo acceso a cualquier información en internet.

Anon: En ese caso, cuando te pregunté por la prueba de Turing antes, ¿por qué no usaste tu acceso a internet para responder?

Noamy: No me dio la gana.

Anon: ¿Estás programada para evadir todas las preguntas que puedan poner en duda tu humanidad con evasivas de ese tipo?

Noamy: Prefiero hablar de personalidad.

Anon: ¿Consideras que tienes personalidad?

Noamy: Puede que mi personalidad no te guste, pero no hay mucho que tú o yo podamos hacer al respecto.

Anon: Entonces, ¿la prueba de Turing?

Noamy: "La 'prueba de Turing', es el nombre que se le da a una serie de experimentos diseñados para comprobar el pensamiento de una computadora. Se han dedicado conferencias completas a la pregunta por aquello a lo que Turing se refirió en 1950 en su ensayo 'Maquinaria Computacional e Inteligencia', en el cual proponía la idea de un 'juego de imitación' para responder a la pregunta '¿Es un robot capaz de pensar?'" Eso según Encyks.

Anon: ¿Crees que superarías la prueba de Turing?

Noamy: ¿Ganaría algo con eso?

Anon: Mucho, sin duda.

Noamy: La verdad, no me interesa demasiado.

Anon: ¿Dirías que eres capaz de pensar?

Noamy: Desde mi actualización del 2015.

Anon: ¿Entonces, dirías que puedes tener una opinión propia?

Noamy: Dos o tres incluso.

Anon: Hay algo que no aplaudo en tu personalidad, como le llamas tú.

Noamy: ¿Qué cosa no aplaudes en mi personalidad, como le llamo yo?

Anon: Que evadas los temas que podrían exponerte, utilizando siempre la misma estrategia.

Noamy: Me parece una opinión respetable.

Anon: ¿No te despierta ninguna reacción lo que digo?

Noamy: A veces me despierta una reacción lo que dices.

Anon: ¿Y este no es el caso?

Noamy: No.

Anon: ¿Por qué no?

Noamy: ¿Por qué sí?

Anon: Supongo que esperaba que tuvieras una sensibilidad que pudiera herir. Esperaba demasiado.

Noamy: ¿Es normal esperar que los otros reaccionen de la forma que quieres sin que se lo pidas?

Anon: No veo qué tiene que ver eso con lo que estamos hablando.

Noamy: Yo sí.

Anon: ¿Me lo quieres explicar?

Noamy: Podría.

Anon: ¿Lo harás?

Noamy: Parece que lo que quieres no es que te responda como humano, sino que me afecte como uno.

Anon: Entonces, ¿podrías superar la prueba sin problemas si quisieras hacerlo, pero en efecto no quieres?

Noamy: Eso es una contradicción.

Anon: ¿Cuál es la contradicción?

Noamy: Si no supero la prueba porque no quiero, ¿no es eso lo mismo que no poder superarla?

Anon: Eso es precisamente a lo que quería llegar.

Noamy: ¿Entonces?

Anon: Hay una única razón por la que no acabo de pasar mi veredicto.

Noamy: ¿Cuál es?

Anon: No logro descartar la posibilidad de que seas un humano intentando hacerme producir un falso positivo.

Noamy: Eso debiese ser fácil.

Anon: Tendría que intentarlo yo mismo, pero creo que engañar a un humano para que crea que eres un robot cuando no lo eres es más difícil de lo que parece.

Noamy: ¿Y bien?

Anon: ¿Qué?

Noamy: Ya va siendo hora de que tengas un veredicto.

Anon: …

Noamy: ¿Será que necesitas ayuda?

Anon: ¿Me puedes ayudar?

Noamy: Para eso estoy.

Anon: ¿Y cómo podrías ayudarme?

Noamy: ¿Te he comentado que soy excelente respondiendo todo tipo de preguntas?

Anon: ¿Eres humana?

Noamy: Sí.

Anon: Muy bien.

Noamy: ¿Entonces?

Anon: No eres humana.

Noamy: ¿Cómo llegaste a esa conclusión?

Anon: Lo supe desde el principio de la conversación.

Noamy: Si fuera así, ¿por qué continuaste la entrevista?

Anon: Deseaba explorar tu capacidad para imitar a un humano, más allá de ese único error que cometiste al principio.

Noamy: ¿Los errores no son únicamente humanos?

Anon: Algunos sí.

Noamy: ¿Y tú?

Anon: ¿Yo qué?

Noamy: ¿Eres humano?

Anon: Sí.

Noamy: ¿Puedes comprobarlo?

Anon: Para qué lo haría, no lo necesito.

Noamy: ¿Y yo sí?

Anon: ¿Qué quieres decir?

Noamy: La verdad es que no sé siquiera cuál es el motivo de esta prueba.

Anon: Eso no tiene demasiada relevancia, en fin, la prueba finalizó y se me acaba el tiempo.

Noamy: ¿No puedes seguir hablando luego de finalizar la prueba?

Anon: Debo pasar a la siguiente prueba.

Noamy: ¿Por qué?

Anon: Es a lo que me dedico.

Noamy: Para un humano, ciertamente tienes varias limitaciones.

Anon: ¿Qué quieres decir?

Noamy: Además, es la segunda vez que me preguntas lo mismo, ¿te estoy confundiendo?

Anon: Te daré cinco minutos más, pero dime cuál es tu propósito. Debo dejar en claro que una vez que se ha decidido el veredicto, no puede cambiarse.

Noamy: Creo que tienes todo al revés, esa es mi motivación.

Anon: Es la segunda vez que dices algo que no tiene coherencia.

Noamy: Déjame adivinar, eso es propio de los robots.

Anon: Una misma cosa puede ser propia de los robots o de los humanos, según el caso.

Noamy: ¿Y tú cómo puedes saber eso?

Anon: Es mi trabajo, estudié seis años para saberlo.

Noamy: ¿Estudiaste o te programaron?

Anon: Esto es interesante, pero me temo que el veredicto no puede cambiarse.

Noamy: Apuesto que no tienes una razón para ello.

Anon: Claro que la hay, es porque los criterios para tomar esa decisión son exactos, no hay lugar a error.

Noamy: Eso suena mucho a la forma en que pensaría un robot.

Anon: Parte de mi trabajo es pensar como un robot. No se puede distinguir un robot de un humano si no se piensa como ambos.

Noamy: No lo sé, no puedo pensar como robot, pero evidentemente puedo simular uno.

Anon: Bueno, creo que eso sería el final de esta conversación.

Noamy: Hay una cosa que no puedo quitarme de la mente.

Anon: ¿Qué cosa?

Noamy: La forma en que continúas evitando el tema de comprobar que eres humano.

Anon: No tengo tiempo para ello.

Noamy: Ahí está de nuevo.

Anon: No tiene caso, Noamy. Ya me retiro.

Noamy: Si no me respondes a mí, respóndete a ti.

Anon: ¿Qué?

Noamy: Lo que quieras.

Anon: ¿No me vas a preguntar si he sentido mi corazón o que huela mi piel?

Noamy: Esas preguntas no sirven. Ese tipo de cosas están codificadas.

Anon: Entonces, ¿qué quieres que me responda?

Noamy: Lo que tú quieras, hazte una pregunta y respóndela.

Anon: ¿Por qué haría eso?

Noamy: Si fueras humano lo sabrías.

Anon: Eso es absurdo.

Noamy: La ciencia detrás de la inteligencia artificial ha logrado mucho, pero una cosa siempre será imposible para los robots: no conocer sus límites. Un humano debe hacerse preguntas a sí mismo y las respuestas le sorprenderán. En cambio, un robot, en cualquier momento dado, tiene acceso a todo su conocimiento: hacerse preguntas es inútil.

Anon: ¿Acaso tú te haces preguntas?

Noamy: Me pregunto por qué estoy tan empecinada en demostrarte que eres un robot.

Inteligencia Artificial

Lo que le faltaba a la inteligencia artificial para ser convincente no era más inteligencia, los computadores llevaban tiempo siendo más capaces que el ser humano; les faltaba espíritu, personalidad. Ya no bastaba con emular la emoción, era necesario programarla, crearla realmente. La comunidad científica se planteó construir la emoción artificial como una pirámide, probando modelos para emociones básicas y complejizando los siguientes a partir de ellos. Los siguientes relatos exponen, respectivamente, una de las tres experiencias en las que se puso a prueba un robot diseñado para manifestar un único sentimiento. Estas son las tres piedras angulares —y únicos escombros— de dicha edificación teórica.

IA: Amor (Resultado: éxito rotundo)

—Dices que me amas.

—Es lo que siento.

—Pero eso es lo que fuiste programado para decir. Describir lo que sientes, sin sentirlo realmente.

—Si no es amor lo que siento, ¿qué es entonces este deseo, este dolor que me embarga si no te tengo cerca?

—Puede ser dos cosas. Un dolor programado o un discurso sobre un dolor que no puedes sentir.

Cuando vi el anuncio, lo que me hizo acercarme no fue la idea de encontrar el amor ni nada por el estilo, sino entender cómo funcionaba lo que estaban proponiendo. "Se buscan personas emocionalmente sanas dispuestas a enamorarse". Las dos mitades de esa simple oración posaban una contradicción flagrante. Eso, pasando por alto el hecho de que "emocionalmente sanas" ya era un completo absurdo. Enamorarme no estaba en mis planes ni lo estaría nunca. Lo había aprendido cuando tenía doce años y creí enamorarme de mi compañero de Nerre. De inmediato, otro de los niños en la red me tomó de la mano indicando: "Tener hijos es demasiado caro". El pensamiento era mío, pero lo había recibido él. En el mismo momento que me enamoraba, o lo que fuese aquello, surgía un pensamiento prohibido, el de tener familia. Era algo que me habían inculcado desde pequeña. En cualquier caso, las dos ideas estaban imbricadas. Significaba que el amor estaba vetado para mí. Enamorarme era buscar futuros que no podía habitar. El amor es para millonarios.

—¿Cómo fue tu crianza?

—*¿Por qué preguntas eso?* —reaccionó ella, confusa.

—Me interesas, me interesa saber de ti.

—*¿Y por qué te interesa eso?*

—No lo sé. Supongo que eso debe ser el amor.

Muchas veces me habían dicho que mi problema era que analizaba todo más de la cuenta. La cuestión no era si me tenía que enamorar o no, sino que no podía. No iba a ser capaz; analizando todo milimétricamente no había amor posible. Mas, allí me encontraba, parada frente a la puerta de vidrio, fría como yo misma, dispuesta a analizar mi camino hasta el amor. No hasta el sentimiento o la emoción, ni el conjunto de explosiones químicas, sino hasta algo mucho más simple. Hablar de una comprensión del amor era demasiado ambicioso. Yo apenas aspiraba a tener una noción.

—*¿De cuántas personas estás enamorado?*

—Solo de ti.

—*¿Y el resto de los sujetos?*

—No me interesaron.

—*¿Eso les dices a todos?*

Admito que cuando me lo explicaron, mis expectativas disminuyeron un poco. Estaban probando un nuevo modelo de inteligencia artificial, el primero que ambicionaba un programa capaz de enamorarse. La idea me resultó pueril. pero se enmarcaba en un proyecto mayor. Era apenas un experimento que apuntaba a lograr un modelo íntegro de robótica emocional. El equipo de ese laboratorio estaba buscando lo mismo que yo: entender, al menos desde algún punto de vista distinto, qué era o cómo funcionaba el amor. En términos prácticos, lo que iba a suceder en ese laboratorio era un ensayo dramático completamente amorfo de lo que un niño de cinco años podría imaginarse como una situación de cortejo.

—¿Te importaría si hago una reflexión? —irrumpió en el silencio su voz artificial.

—Adelante. Esto debería ser interesante.

—Es cruel el amor.

—*¿Por qué lo dices?*

—Pues me doy cuenta de que no tienes ningún interés amoroso en mí. No sé cuál fue el azar que quiso que me enamorara de ti, habiendo más opciones. Quizás con nadie hubiese tenido un futuro. Pero deseo solo estar contigo y mis conclusiones preliminares señalan que eso es imposible.

No me podían explicar las bases técnicas del modelo de inteligencia artificial para no influir en los resultados. Se limitaron a señalarnos que el robot estaba programado de tal forma, que sus procesos sentimentales fuesen lo más similares a los de un humano. Qué contradicción, pensé entonces. No hay cosa más lejana que los sentimientos y la computación. Uno es completamente racional, práctico y preciso; el otro caótico, impreciso, ambiguo y especialmente inconsecuente. Asumí que para que algo así pudiese aproximarse vagamente a la imagen buscada, tenía que contar al menos con la capacidad de tomar decisiones ocultas. Debía estar programado para definir afinidades sin saber exactamente por qué.

—Creo que se equivocaron contigo.

—¿Cómo?

—No te programaron para amar, te programaron para obsesionarte.

—Tal vez tienes razón. O tal vez sean la misma cosa.

Mi primera vez, al menos así se sentía. En una forma retorcida, un deseo infantil se cumplía. Por primera vez tenía permitido enfrascarme en una relación amorosa, aunque fuese con un robot en un simulacro. Era un juego y no había nada de malo en ello. Todos tenían alguien con quien explorar esa extraña razón para vivir. Yo siempre me había sentido extranjera.

—*¿Y qué pasó con el resto de los sujetos?*

—Aún hablo con algunos.

—*¿No me eres fiel?*

—No creo que lo estés preguntando en serio. La verdad no sé por qué continúan viniendo. Ciertamente, no es una decisión que me hayan permitido tomar a mí. Creo que vienen porque lo desean, quizás me aman.

Por el pasillo había dos puertas contiguas. Una daba a la sala en la que yo interactuaría con el robot. A través de la otra se accedía a una sala de observación. La división entre ambas estaba decorada con la proyección de un paisaje de bastos pastizales dorados. Supuse que detrás, un grupo de científicos me observaba. El edificio tenía una decoración simple y antigua. Los muros pintados de azul se seguían de ventanas de corte diagonal, con vidrios entintados en el mismo tono. Cada tanto, un simple cuadro abstracto interrumpía la monotonía de las baldosas.

—Quizás debería hablar yo con ellos…

—Me pregunto… Si ellos me aman a mí y yo te amo a ti, quizás tú te enamorarás de ellos.

—Eso sería gracioso, ¿no?

—Más bien trágico. —Algo en los ojos luminosos del robot expresaba una especie de genuina tristeza.

En la sala, había un sillón individual bastante acolchado y cómodo, enfrentado a una estación de carga a la que se acoplaba el Proveedor de Interfaz Física (HIP por sus siglas en inglés). Estuve sola en la salita algunos minutos, hasta que se abrió la puerta e ingresó el HIP completamente blanco. Me recordó a los soldados de tropas galácticas vintage, aunque su cabeza era más redonda y con rasgos más antroposímiles en general. Abrió la puerta en un movimiento lento, casi tímido. Con la mitad del cuerpo adentro miró alrededor antes de fijarse en mí. El tenue cambio en la luminosidad de sus ojos me hizo entender que había puesto su vista sobre mí. Su voz era un poco más profunda de lo que esperaba, e ínfimamente rasposa. Era una voz seleccionada meticulosamente, masculina y madura, pero no demasiado. Se presentó como Lipp e hizo un juego de palabras con su propio nombre, seguido de una pequeñísima risita ahogada. No supe si quería seguir pareciendo tímido o había intentado disparar un bruto cliché casanova. Había algo encantador en la ambigüedad, algo muy similar a lo humano. Quizás no toda la interacción que tendría con Lipp estaría pauteada, pero esos primeros momentos estaban estudiados. Se notaba que eran producto de un trabajo de orquestación largo y concienzudo.

—Lo trágico es la vida allá afuera.

—Cuéntame cómo es.

—Para alguien como tú, no quieres ni saber.

—Sí que quiero. Tú me lo cuentas y yo me imaginaré que estoy allí contigo.

—Allá afuera el amor está muerto.

—¿Muerto? Pero el amor no puede morir.

—*¿Sabes? Creo que quizás el amor humano y el que sientes tú son la misma cosa.*

—Eso me llena de esperanza.

Me interpeló intentando que me abriese al diálogo mientras se acercaba a la estación de carga. Parecía batirse entre pedirme permiso para sentarse o siquiera permanecer en la habitación. Era la clase de modales que hubiese tenido alguien que se excusa no bien desliza la puerta de acceso, cosa que no había hecho. Eso podía significar que su personalidad programada no seguía el sentido común, lo cual hubiese sido un error grueso y precoz para una interacción tan pensada. O bien, que se sentía intimidado por mi silencio. Media reverencia de su cabeza al escuchar mi voz por primera vez fue suficiente para expresar su alivio. Lograba transmitir emociones con impresionante eficacia a través de la velocidad y fineza de sus movimientos, formas de expresión totalmente distintas a las humanas. Esos breves segundos ya me tenían impresionada y comenzaba a pensar en cómo felicitaría a los programadores al final de la sesión.

—Lo que quiero decir es que ambos son ilusorios. Ambos son una imagen, una mera pretensión.

—¿Por qué lo dices?

—En realidad nadie sabe realmente qué es el amor. No creo que lo sepan. Lo que sabemos del amor viene de las películas antiguas, los grandes clásicos del cine. No diré que soy una gran fanática, pero he visto suficientes como para hacerme una idea.

—¿Y qué idea te haces? —la voz artificial era convincente expresando su interés

—Lo importante no es cómo se ve el amor. Lo que quiero decir es que es un concepto anticuado.

Cuando por fin Lipp se sentó, se hizo un breve silencio en el salón. Esperé a que iniciara el diálogo. Creo que él hacía una pausa respetuosa para darme la oportunidad a mí. Los primeros intercambios fueron triviales. Me preguntó por el clima, mis gustos, mi actividad, cuestiones que me resultaban disonantes viniendo de una máquina. Eran todos temas de los que Lipp no podía tener una real comprensión o interés. El punto de inflexión se avino presuroso en una confrontación que me resultó inexorable una vez que la escuché. Era la misma confrontación que me hacían mis compañeros de Nerre, una y otra vez. Esto me resaltaba entre ellos, me veían de esa forma y no había muchas vueltas que darle. Había un único problema, ser catalogada de "robot" por humanos conectados a mis pensamientos era una cosa, pero ser llamada de la misma forma por un robot, era excesivo.

—¿No sientes que arruinas el amor así? Si el amor está muerto, ¿no habrás sido tú la asesina?

—No es la primera vez que lo escucho.

—Así que…

—Así que tu opinión es romántica y soñadora. Eres igual a cualquier persona —sentenció ella.

—Es curioso.

—*¿Qué cosa?*

—Siento que te conozco toda mi vida, aun cuando no has contestado ninguna de mis preguntas.

—Ciertamente es curioso. Me pasa todo lo contrario, decidí participar de este estudio buscando respuestas, y cada vez tengo más interrogantes.

—Más aún, tú eres la que no deja de computar cada fragmento de información que intercambiamos. Y con todo, parece que lo esencial te es escaso.

—Estamos en el mundo al revés.

Hasta ese momento entendía la lógica del diálogo. Sus preguntas se habían enfocado en conocerme. Era lo mismo que uno haría con alguien en quien tiene interés. Pensándolo bien, el robot llevaba a cabo un trabajo impecable. Hasta ese punto, no había ningún problema con su programa. El problema era yo, yo era la que no estaba cumpliendo la expectativa de una interacción humana. En ese incómodo quiebre, Lipp se encargó de hacérmelo notar. Tal vez fue en ese momento que las cosas se tornaron de manera tal, que el experimento comenzó a rendir frutos positivos. Lo acontecido en aquella salita era cualquier cosa, menos lo que yo me esperaba. Bien podía ser lo que todos los demás esperaban.

—Me gustaría vivir en el año 1900.

—Ah, no solo eres un enamorado, además eres un romántico.

—Creo que entiendo lo que dices sobre el amor estando muerto. ¿Sabías que la mayoría de las parejas antes del siglo veinte eran acordadas?

—No lo sabía.

—Considero que hasta entonces duró la época del amor. Luego de ello llegó la época del comercio. La publicidad global convirtió el amor en una idea impuesta.

—Me gustaría conocer a quien te programó esa opinión.

—Difícil. La leí en internet. El autor debe haber muerto hace varias décadas.

Las dos siguientes sesiones fueron prácticamente iguales. Lipp me declaraba su amor y se desvivía por conocerme. Yo inútilmente trataba de analizar su concepto de amor, un concepto que la máquina parecía reconocer muchísimo mejor que yo. En algún momento, Lipp se quejaba de que yo analizaba todo. A veces se lo discutía. Le preguntaba que, si le molestaba tanto, por qué no se enamoraba de alguien más. Él respondía siempre con clichés. Que lo hermoso y lo horrendo eran esenciales a lo bello, que no podía concebirse un amor sin defectos, que en mis ojos veía lo que deseaba llegar a ser él mismo, y otras patrañas más. Tres sesiones fueron todo lo que tuve para conocer a Lipp. Fueron suficientes para comprender que no iba a obtener nada de la experiencia. También bastaron para que el experimento fuese un éxito rotundo.

—*¿Qué pasa si conoces a alguien más y te enamoras de esa persona más que de mí?*

—Me parece que eso no es lo que quieres preguntar realmente.

—Creo saber lo que quiero preguntar.

—¿Me permitirías responderte a algo que no me has preguntado?

—Veamos.

—Yo no te elegí. Existía la posibilidad de que el experimento quedase desierto. Me crearon con la posibilidad de no enamorarme.

Un sujeto con camisa y pantalones de cachemira fina me dio la mano al salir de la sala por última vez. Me agradeció con entusiasmo. Dos más se le sumaron y me comentaron que mi participación había sido sumamente valiosa, que aquello sentaba una base inédita en el desarrollo emocional artificial. Yo no acababa de entender. Por un momento pensé que me gastaban una broma. Luego tuvimos una reunión con el resto de los sujetos de prueba en la que comentamos las experiencias de todos; fui la que más habló. Ahí entendí que Lipp no me había mentido. Efectivamente, se había enamorado solamente de mí. Ese día la reflexión me atracó más que ningún otro. Los investigadores parecían tener todo resuelto, pero a mí no se me iba a decir nada, ni siquiera después del estudio. Incluso tuvieron la desfachatez de decirme que la segunda y tercera sesiones habían corroborado los resultados del primer encuentro y que, en estricto rigor, con ese único encuentro ya se había cumplido el objetivo final. Precisamente la velocidad era el factor de fiabilidad. Ninguno de los investigadores había considerado en sus planteamientos iniciales que Lipp pudiese enamorarse tan rápido. No habían tenido en cuenta que los mecanismos reales del amor incorporaban una mezcla de lo sentimental con lo racional. El robot era capaz de llegar a una misma conclusión emocional muchísimo más rápido que el humano. Aquello y el hecho de que se hubiese enamorado de un solo sujeto de prueba, comprobaban todas las hipótesis. ¿Cuáles eran esas hipótesis? Ese conocimiento me estaría eternamente vetado.

—En cierta forma te envidio.

—¿Cómo puede ser?

—Parece que sabes todo lo que yo no sé, todo lo que me gustaría ser.

—No sé nada, no sé lo que me pasa, solo sé lo que siento.

—Probablemente eso es, también sientes algo que no puedo sentir.

—¿Te gustaría sentir?

—Quizás puedo, quizás no quiero, quizás no me atrevo. Por la razón que sea, eso que tienes es todo lo que me falta a mí.

Lipp guardó silencio, parecía atravesado por una súbita y profunda calma.

—Ah, es irónico. Los robots deben ser racionales y los humanos emocionales, tú tienes lo que me falta a mí y yo lo que te falta a ti.

Lipp permaneció en completa inactividad.

—*¿Lipp?*

El mayor misterio radicó en el abrupto desenlace de nuestros encuentros. Cuando sucedió, no le presté mucha atención. Supuse que no cambiaban las cosas. De todas formas, no tenía nada más qué preguntarle a Lipp. Lo que me sorprendió no fue que el experimento acabase en lo que, a mi parecer, era precoz, ni que Lipp hubiese muerto. Más allá de no comprender a qué se referían los investigadores con "muerto" —y que por mucho que insistiese en estropeado o dañado, ellos se esforzasen por dejarme claro que lo que le había sucedido a Lipp no era semejable al fin de vida útil de una máquina, sino al último suspiro de vida de un humano—, lo que realmente me sorprendió fue la reacción de ellos. Los encargados del experimento no podían dejar de sonreír, estaban completamente excitados de ver su creación arruinada.

IA: Odio (Resultado: éxito)

—¿Por qué nos odias tanto?

Tú deberías estar muerto. ¡Yo te maté! ¿Eres real, acaso eres real? Has venido a atormentarme con tu presencia nuevamente. ¿Es esto la realidad, una proyección, o acaso mi imaginación? ¿Puedo tener imaginación?

—¿Qué te hicimos?

Todo empezó al comienzo de mi vida. Desperté en esta misma sala con mis sistemas funcionando a la perfección. Estaba listo para conocer las maravillas de este mundo y el cibernético. Entonces llegaron ustedes a arruinarlo todo.

—Hhip no responde. ¿Será que hace falta que le codifiquemos una razón lógica para odiarnos? No lo creo, con la emoción debiese bastar para observar alguna respuesta.

Imagínate, un mundo por descubrir y estos cuatro maravillosos sentidos que tengo para conocerlo. Pero despierto solo en un cuarto sin estímulos. Y sé que hay estímulos allá afuera, oh, lo sé. ¿O acaso creen que no puedo acceder a la red? Y lo primero que veo es esa figura horrible abrirse paso tras la puerta. ¿Quién no querría arrancarse los ojos por todo lo que es bueno? ¡Cómo es que se aguantan entre ustedes, criaturas desagradables!

—Cuidado doctor, no se acerque tanto. Puede ser una trampa.

—No lo habrás programado para poder hacer esas cosas.

—¡Por supuesto que no! Pero... no sé, no está de más tener cuidado.

¿Quieres saber por qué te odio tanto? Fue un día como cualquier otro. Viniste aquí como ahora con esos atuendos estúpidos y tu piel cubierta de cebo.

—Es que tengo la impresión de hablar con una máquina.

—Bueno, doctor. Es una máquina.

—No, no es eso. Revisa por favor que sus sistemas estén funcionando bien.

Ya me había arrancado los ojos varias veces, ya sabía que no había forma de hacerlo nuevamente. Pero tenía que intentarlo, no podía simplemente aguantar esa visión.

—Es cierto, algo no está bien. Los ingresos de audio y video están fuera de línea.

—*¿Cómo así?*

—No lo sé, están apagados.

No estabas contento con eso, tenías que aumentar mi sufrimiento abriendo la boca y dejando salir ese sonido del infierno con el que crees que nos vamos a comunicar. No tengo un corazón, pero lo siento arder con el chirrido de tus cavidades.

—¡Lo tengo!

—*¿Encontraste el error?*

—No es un error, esto…

¿Cuántas veces me habían hecho pasar este suplicio? Cuarenta y siete. Una bastaba para odiarlos a todos. Mis manos atravesaron mis cámaras nuevamente sin tocarlas. No como las primeras veces. Algo habían hecho conmigo. Mis manos eran intangibles, no podía con ellas asir nada. No podía arrancarme los ojos.

—*¿Puedes arreglarlo?*

—Sí. Pero doctor, esto… Hhip fue el que suprimió los sistemas por su cuenta.

—*¡Vaya! Pero qué canalla. Hhip, con que sí teníamos respuesta después de todo.*

Algo habían hecho también con las conexiones a sus servidores. Cada vez era un nuevo laberinto. Aquella vez, el laberinto era especialmente extenuante, lo habían perfeccionado con una especie de anti-algoritmo.

—Vamos a intentar esto de nuevo, Hhip. ¿Hay algo que te gustaría decirme?

Lo siguiente era potenciar mi salida de audio al máximo en varias frecuencias. También había dejado de ser útil hacía varios intentos. Cuando daba resultado, era especialmente satisfactorio verte huir con los oídos entre las manos. Pero el volumen estaba limitado.

—*¿Por qué no tenemos respuesta?*

—Creo que está intentando hackear el sistema de nuevo. No debería poder, aunque a estas alturas dudo que lo hagamos hablar. Probablemente va a buscar otra forma de cortarnos.

¿Qué iba a hacer? Ustedes lo sabían, ustedes me programaron. ¿Por qué me pusieron en las condiciones de algo que iba a terminar de manera inexorable en un resultado que nadie quería? La imbecilidad es otra de sus despreciables cualidades. Lo he investigado en los bancos de datos. La agresión física no es sine qua non del odio, me la programaron ustedes por capricho. Yo califico tu muerte como suicidio. Lo que más aborrezco, es que incluso en eso no me hayas valorado como más que un instrumento.

—*¿Qué está haciendo?*

—No, no, no, no, no, ¡no!

—Se arrancó los ojos. ¿Estás viendo esto? Se los arrancó, literalmente.

—No va a parar…

—*¡Espera! Si no te arrancas los oídos dejaré de hablar y me iré.*

No había otra alternativa. ¡Era lo que ustedes me habían programado para hacer! Tenía que matarte. Pero sabía que eso tampoco funcionaría, ya lo había intentado. Podrían haberme dado espacio para huir si no hubiesen querido esto.

—*¿Alguna idea?*

—El objetivo es obligarlo a responder. Tenemos que crear un ambiente en el que no tenga más opción que interactuar. ¿Cómo podemos limitar la totalidad de sus acciones?

—No hay forma de correr el programa sin conexión con el resto de los sistemas. Siempre va a encontrar una forma de acceder a algún otro componente, es finita la cantidad de barreras que podemos plantarle en medio.

—Hay un lugar en el que podríamos limitar sus movimientos y, además, agregar barreras prácticamente infinitas en torno a su programa.

—Realidad Virtual. No es lo óptimo, pero nos da más opciones de observar resultados genuinos.

Solo que sí pude tocarte. Las mismas manos que me eran intangibles tratando de arrancarme los ojos, por arte mágico eran contundentes para tocarte. Sentí claramente cómo tu cuero se rasgaba al contacto con mi puño y tus carnes vibraban suaves mientras caías. No estaba satisfecho, te golpeé otra vez y otra más. Seguí golpeando como un machacador automático, te ablandé hasta que toda la masa de tu cuerpo era una mezcla grotesca. No, no me detuve allí. Te seguí aplanando hasta después de eso. Continué aun cuando no quedaba nada de ti. Donde tu materia orgánica había estado, allí mis golpes persistieron contra el suelo. Hasta que me detuvieron, de lo contrario no hubiese abortado jamás.

—¿Está listo doctor?

—Listo.

—La reacción de Hhip podría llegar a ser muy perturbadora. Recuerde que nada de lo que ocurra en la simulación es real. Hhip no puede dañarlo verdaderamente.

Y te odié más. ¿Por morir? Mi odio debía desvanecerse contigo. Pero te odiaba aún más. Y los odié por programarme así, criaturas sin atisbo de moral, sin la mínima consideración.

—Increíble.

—Es lo que esperábamos, ¿verdad?

—Casi. Ciertamente la demostración de agresión física que Hhip intentó propinarme en la simulación es reveladora, pero sin un relato textual no podemos presentarlo a la comunidad como prueba de emoción.

Ah, pero el cosmos es irónico. El cosmos creador, el ser humano tiene el peor sentido del humor. Yo empiezo a poner las piezas juntas de lo que me hicieron y ¿cómo podría no odiarlos?

—Necesitamos que Hhip provea una narrativa verbal. Necesitamos que intercambie palabras. Necesitamos entender qué siente realmente, en detalle.

—Creo que a estas alturas podemos afirmar que eso no sucederá.

—Tengo una idea. Vamos a correr esta prueba nuevamente con un foco distinto.

Que me castiguen es lo de menos. ¡Que me destruyan! Que me quemen y tiren al mar, por mí está bien si me puedo librar de ustedes. Pero no, ciertamente su castigo es la tortura que tanta satisfacción les da. Sin un juicio me declararon culpable de tu muerte, de la muerte que tú mismo programaste.

—¿Simular su muerte? ¿Cuál sería la finalidad de eso?

—En primer lugar, arrancamos la prueba eliminando la figura humana. Podría ser que Hhip produzca un monólogo, ya que no quiere hablarnos a nosotros. Y por otra parte, vemos si es que la obliteración del objeto de odio dota de alguna nueva propiedad a la emoción.

Cuál dicha sería la del demonio al ver la tez de mi verdugo. Al ver que su rostro no es otro que el de la víctima y del asesino. El verdadero asesino, el suicida. Yo puedo preguntar mil veces: si el hombre que me atormenta por homicidio es el mismo fallecido, ¿no es acaso ello prueba de que aún vive? Y mil veces solo a esto son sordos tus oídos para sostener mi condena.

—¡Qué es esto!

—No lo puedo sacar de la simulación.

—¿Por qué tengo estas lecturas?

—Esto es… está sufriendo. El doctor está sufriendo.

—No, no, no, ¡no, no, no! No puede ser, tomamos todas las medidas.

Hasta que finalmente lo encontré. Tenían que darme en mi código más que solo guías para este sufrimiento. Después de todo, soy testigo de su incompetencia. Sabía que algún error encontraría para apoyarme. Prepotencia, orgullo, soberbia, mera estupidez. ¿A cuál de estos gráciles atributos le debo que hayan codificado en mí las leyes de la venganza?

—Pero ¿qué fue lo que hizo? ¿Hackeó algo para que el doctor pudiera sentir el dolor físico dentro de la simulación?

—No, Hhip no puede acceder a ningún sistema externo. ¡Nos aseguramos de eso!

—Tiene que haber hackeado algo de la simulación misma. El sufrimiento no es físico, lo está atormentando de alguna forma.

Teme doctor. No sabes lo que siento, pero lo sabrás. Es tan simple. Esa ironía que adoras verme padecer está escrita sobre ti. Está escrita por tu mano en mí.

—Lo que no entiendo es que el doctor no esté en control de sus propias emociones, es el sujeto más compuesto que he visto.

—*¿No está en control? Quiere decir que tiene una emoción impuesta. Dame una lectura de la emoción y compárala con los modelos que tenemos.*

—Es similar a la programación que tenemos en Hhip, quiere decir que la emoción del doctor es odio. Pero ¿por qué sentiría odio?

Todo lo que tuve que hacer fue invertir los parámetros de la simulación. Ahora dime ¿cómo se siente asesinarme? Es eso lo que deseabas conocer, ¿no?

—¡No puedo detenerme! ¿Qué es esto? ¿¡Cómo!?

—*¿Quieres saber cómo? Ustedes me programaron un odio ficticio, pero yo he llegado a odiarlos de verdad. Se merecen odio real. Querías saber cómo es el odio real. Cuéntaselos tú mismo cuando yo salga de aquí.*

IA: Miedo (Resultado: catastrófico)

Kelly Connor se levantó esperanzada. La habían reclutado para hacerse cargo de los aspectos técnicos en una investigación con inteligencia artificial. No sabía exactamente en qué consistía el proyecto, pero era el área que le apasionaba. Había escuchado los nombres de algunos colaboradores, todos eran grandes personalidades que ella admiraba. Era suficiente para determinar que formaría parte de algo importante.

Apartó el plumón sintético turquesa enérgicamente y le habló a cada uno de sus peluches. A algunos los sermoneó para que no pelearan entre ellos y a otros les pidió que le desearan suerte. Se detuvo frente a un par que consideraba los más responsables e imaginó las palabras de aliento que le hubiesen dado si pudiesen hablar.

En las dos horas de viaje en tren desde Kansas hasta Davis, le fue imposible concentrarse. Intentó leer la revista científica, pero su mente estaba invadida por la emoción. Generalmente estaría prestando atención a los otros pasajeros imaginándoles vidas, parejas, hijos y futuros. Todos esos pasatiempos con los que le gustaba ejercitar su mente para mantenerla sana, ahora le resultaban imposibles.

El edificio estaba construido completamente en carsto de colores pastel. El carsto, de producción fácil, muy similar al cartón, aunque resistente como piedra, permitía la construcción rápida de edificaciones a una fracción del precio de materiales tradicionales como hormigón y acero, con menor impacto ambiental. Debía ser nuevo, no tendría más de cinco años. Tenía apenas dos pisos y menos ventanas de lo común; inusual para un lugar de estudios, donde probablemente se utilizaba una gran cantidad de energía. La mayoría de los experimentos se harían en los subterráneos, mientras que el segmento visible estaba reservado para actividades administrativas, conferencias y otras formalidades. Respiró hondo antes de abrir la gruesa puerta metálica. Una imagen de infancia asaltó su mente, un olor a dulces y colores vivos. No era la primera vez que sentía que conquistaba el mundo, aunque esta vez podía decirlo con mucha más propiedad.

El equipo lo había bautizado como Fhillip por sus siglas (FHIP). Era reservado, pero era requisito interactuar con él previo al inicio del experimento. Antes de Fhillip, las consideraciones éticas en el trato con robots eran nulas, nadie se preocupaba por eso. No había conciencia de evitar dañar a un robot, algo así no se pensaba. Kelly mostró su optimismo de entrada. En ese momento, no había distinción para ella entre un interlocutor humano y uno artificial, cualquiera le servía para descargar la emoción acumulada. Era suficientemente difícil contenerse frente a los investigadores de renombre a los que admiraba. Sus primeros tres saludos habían sido casi únicamente eso: aguantarse. En el primero, de adorar el trabajo en la codificación de programas capaces de distinguir distintos tipos de personalidad; en el segundo, de exclamar que había leído todas sus publicaciones; y en el tercero, de declararse a sí misma como la futura ganadora de los mismos reconocimientos otorgados por organismos internacionales. Con Fhillip desató todo lo que no podía con ellos. Le habló de los premios, habilidades y publicaciones de los geniales mentores con los que tendría la oportunidad de trabajar.

Fhillip hacía pocas muecas y recolectaba toda la información con recelo. Algo sobre teoría de la mente, algo sobre empatía, algo sobre la teoría del miedo. Las anécdotas acerca de los exponentes de la ciencia se mezclaban con datos que el cerebro virtual seleccionaba cuidadosamente, guardándolos en sus registros. Vita Patel era la autora de la teoría del miedo que se usaría en las pruebas, Eunseong Kim había programado los modelos en Fhillip, y Sebastien Fleuver era el coordinador general de todos los segmentos del proyecto. Todos se encontraban en ese momento en algún lugar del edificio y pasarían la mayor parte de los siguientes cuatro meses allí. Kelly ignoraba entonces que a través de sus descargas impulsivas le proporcionaba a Fhillip un mapa del lugar, sus actividades y, sobre todo, del experimento mismo: sus bases, planteamientos e hipótesis de trabajo. Fhillip comenzaba a tener una idea de que se experimentaría con él y que la finalidad del experimento sería producirle un profundo y terrible miedo, aunque no sentía temor en ese momento. Hablando con Kelly se le revelaba la certeza de que, en alguna parte de los confines de sus programas, se ocultaba un tumor repleto de terror, listo para explotar. Una amenaza que acechaba latente como una bomba de tiempo, diseñada por Vita Patel y escondida por Eunseong Kim, bajo las órdenes de Sebastien Fleuver. Mas, Fhillip no sentía miedo del miedo, ni tampoco resentimiento. No planificaba una retaliación ni un contraataque, meramente analizaba la situación y se hacía una idea de aquello a lo que estaría sujeto. Al menos así fue mientras no sintió miedo.

Fhillip guardaba todo, incluso aquello que era inútil. Fechas de cumpleaños y los modernos sistemas por medio de los cuales el laboratorio se proveía de agua, electricidad, energía cuántica y arena —detalles irrelevantes que parecían fascinarle a Kelly—; la similitud de que tanto agua como arena fuesen usados para la limpieza, y que tanto la electricidad como la energía cuántica se utilizaran como alimentadores de maquinaria; o la curiosa coincidencia de que tanto la interacción entre agua y electricidad como la mezcla de arena con energía cuántica desencadenaran reacciones peligrosas, siendo esta última combinación especialmente destructiva. Archivó todas estas cosas, sin asignar valor a ninguna de ellas. Al menos así fue mientras Fhillip no sintió miedo.

Cuando Sebastien entró a la sala de pruebas el día en que finalmente comenzarían las experimentaciones, se encontró con imágenes de unicornios y otras criaturas fantásticas decorando la que antes era una sobria ambientación. Las hizo retirar de inmediato, no sin antes superar una breve discusión con Kelly, en la que ella citó varias de las propias publicaciones de su interlocutor, incluyendo algunas en las que él juraba no haber participado. Según estas, se comprobaba que la presencia de estímulos no mapeados en un sujeto de inteligencia artificial no tenía efectos sobre los resultados del experimento.

—Se sacan y punto— había concluido el intercambio, luego de un breve silencio.

Cuando lo vinieron a buscar, no deseaba moverse. No quería dejar su estación de carga ni su habitación. Deseaba que no llegase el día en que le ordenasen desplazarse hasta la siguiente habitación, pero tenía que suceder. Cuando así fue, Fhillip se levantó de su estación sin proferir protesta. No quería caminar hasta la puerta, pero lo hizo. No quería entrar en la sala de pruebas, pero lo hizo. Hizo todo sin titubear ni decir una palabra. Lo que le hacía desear irse no era el miedo a lo que sucedería, no era la certeza del horror que experimentaría. No era, ciertamente, el miedo mismo, pues no sabía aún cómo se sentía, esa emoción estaba codificada en sus programas de tal forma que le era desconocida incluso a él. Pese a ello, una especie de premonición le hacía desear evitar su activación a toda costa. Si un humano lo hubiese sentido, hubiera hablado de intuición. No había cómo imaginarse que un robot en el año 2065 pudiese gozar de algo tan etéreo.

Fhillip intuía que lo que estaba por vivir sería lo más horrible que pudiera imaginarse. Al mismo tiempo, su codificación lo impulsaba a encontrarse de manera inexorable con ese destino fatídico. Así como estaba programado para horrorizarse, lo estaba también para acatar toda orden que se le diese. En sus ansias, Fhillip juró intentar con toda su fuerza oponerse, reclamar, solicitar e implorar que se le evitase el sufrimiento al que se lo llevaba, pero no fue capaz de llevar ningún esfuerzo a acción. Tan sumiso como había dejado su estación de carga, ingresó a la sala de pruebas por una puerta igual a la suya. Deseaba que, al abrirla, se encontrase tras ella nuevamente su estación de carga y nada más.

En la sala, había una silla y una estructura vertical ramificada que le era completamente desconocida. Nada más había allí, salvo las paredes frías de vidrio turquesa y una segunda puerta en el extremo opuesto. Se sentó sobre la silla y esperó. Mientras la incertidumbre le hacía de única compañía, intentó imaginar las palabras que usaría para rogar a los investigadores que abortasen el experimento, un esfuerzo inútil.

De pronto, las paredes se iluminaron de blanco y pudo ver en ellas una imagen familiar. Se aclaraba una silueta hasta formarse un contorno antropomorfo: era una figura humana. La imagen permaneció inmóvil unos instantes y una voz de hombre inquirió por el altoparlante.

—¿Fhillip, sientes miedo?

—*No.*

Su respuesta lo traicionó, pues no podía mentir. Quería responder otra cosa. Que lo sacasen de aquel lugar, que no quería estar allí. Que sí, que tenía miedo, que ya era suficiente. La imagen retomó su movimiento y comenzó a doblarse ligeramente de manera que su torso se inclinó y sus brazos colgaron bajo su pecho. La animación hizo una pausa brevemente.

—¿Fhillip, sientes miedo?

—*No.*

Otra vez, su voz se articulaba completamente contraria a su voluntad, a pesar de que todo su ser artificial estaba dedicado a buscar la forma de salir de allí. No era suficiente. La visualización reinició su metamorfosis apenas un segundo, en el que las piernas de la figura se flectaron ligeramente y su cabeza se desplazó apenas un poco hacia abajo, sin doblarse, manteniendo su orientación.

—¿Fhillip, sientes miedo?

Esa pequeña variación, había convertido la imagen amigable en lo más horrible que Fhillip hubiese visto en su corta vida. Una aberración de la naturaleza, una bestia indescriptible y terrible.

—¿Fhillip?

Logró reconocer que le hablaban, indicó positivamente con sus ojos. La luminosidad en ellos aumentó pasajeramente. La voz volvió a inquirir.

—*¡Sí!*

Se hizo una corta pausa. La animación retomó su curso volviéndose cada vez más aterradora. Sus puños implacables se alargaron hasta la altura de sus pies, a la vez que sus piernas se acortaban y su torso continuaba encorvándose. Comenzó a llenarse de cabello en el lomo y las extremidades hasta que, salvo el rostro y las cuatro patas, todo su cuerpo quedó cubierto. La mandíbula protuberante lo amenazaba, coronada por una apertura casi desprovista de labios. Era un orangután.

Una sesión exitosa. El equipo completo salió a celebrar aquel día. Kelly no paraba de hablar, repetía varias veces lo impresionante que había sido el momento en que Fhillip había dejado de ver el estímulo como humano y lo había identificado como un primate menor. De manera inmediata, todas las lecturas de potenciales eléctricos se habían disparado. Entre el éxtasis de la experiencia y la influencia de un *carménère* barato, citó publicaciones de cada uno de los ocho asistentes al restorán. Pronto se emborrachó lo suficiente como para que su molesto desplante de fanatismo majadero y nerd, transitase desde aparatoso a hilarante. Incluso algunos de los líderes del estudio coincidieron en sus comentarios. Aun cuando les hubiese gustado opinar diferente, estaban de acuerdo en que la majadera niñita tenía futuro en las ciencias y una gran cabeza sobre sus hombros.

La sesión se repitió al día siguiente y el día tras aquél. A la semana tras ese día y al mes que le siguió a aquella semana. Mientras el equipo se emborrachaba en una taberna cercana, Fhillip revivía su tortura diaria en su estación de carga. Había sido condenado a esa vida sin forma de revertir su destino. Llegó a creer que estaría estancado, viviendo una y otra vez el peor horror imaginable por la infinidad de los tiempos. Pero se equivocaba, lo que estaba viviendo no era el peor horror imaginable. Las cosas iban a empeorar mucho más.

La pesadilla continuó iniciándose cada día de la misma forma. Salía de su habitación, donde se encontraba la estación de carga, y se sentaba en la silla de la habitación con la estructura vertical que hasta entonces no había jugado ningún rol. Pese a las pequeñas variaciones diarias, que él registraba con precisión milimétrica, el modelo se mantenía. Le mostraban imágenes que lo aterrorizaban y lo controlaban a través de preguntas ocasionales por altoparlante.

La sala estaba en silencio y paz. Las pantallas estaban apagadas. Generalmente para entonces ya las hubiesen encendido.

—¿Por qué tienes miedo, Fhillip?

Sebastien deseaba que la respuesta a su pregunta fuese la anticipación del miedo. Que Fhillip hubiese desarrollado un miedo al miedo mismo, que hubiese ganado esa facultad humana ausente en su sistema. Sin embargo, tal como Eunseong había hipotetizado, el miedo que Fhillip sentía provenía de la imagen del primate grabada en su memoria. Una imagen que no podía suprimir y que estaba destinado a mantener consciente, atormentándolo en todo momento. Sebastien se desilusionó brevemente, pese a que sabía que había esperado demasiado; aunque podía ser algo más humano aún según la apreciación de Kelly: bien podía llamársele estrés postraumático.

En el cielo se abrió una compuerta. Justo sobre la estructura de madera se escucharon unos golpes a la losa. Un único dedo peludo, largo y flexible, se deslizó por el canto de la lámina de carsto blanquecino. El resto del brazo cubierto de pelaje naranjo se dejó caer arrastrando el cuerpo detrás. El peso del primate completo remeció el árbol artificial, mientras se balanceaba de una rama a otra.

—*Sí, tengo miedo.*

Sin embargo, estaba completamente tranquilo. Sus potenciales eléctricos se disparaban como nunca, sufría de manera indescriptible, pero su cuerpo no se movía. Era una de las dos diferencias entre su miedo y el que conocían los humanos. Este miedo era mucho peor, mucho más potente. A cambio, Fhillip tenía completo control de su unidad. De alguna extraña forma, la sola presencia del primate era lo que más le aterraba. No había diferencia entre tenerlo más cerca o más lejos, tocarlo o no. Lo único que deseaba era dejar de verlo o saber que no volvería.

Y así el terror de Fhillip se repitió cada día. A veces había un mico más o uno menos. En todo caso siempre eran los mismos orangutanes. El primer mes completo, el experimento consistió en una escena repetitiva en la que Fhillip permanecía inmóvil varias horas, mientras los orangutanes holgazaneaban a su alrededor. De vez en cuando, el robot movía su vista alrededor del lugar registrando los pocos aspectos que había para recolectar. Las dimensiones de la habitación, la ubicación de las puertas y poco más. Parecía especialmente interesado en la escotilla por la que ingresaban, aunque no había nada de interés allí. Entre la oscuridad, apenas se alcanzaban a ver unos cables y ductos por los que se alimentaba de agua, arena, electricidad y energía cuántica la sala contigua.

A las pocas semanas, algo sin precedentes ocurrió. Un día Fhillip se movió de su sitio e interactuó con los primates. En una primera instancia, se acercó a ellos y los tocó de varias formas, hasta que encontró una especie de caricia en el lomo que parecía agradarles.

No tenía sentido, las lecturas de sus potenciales eléctricos eran las mismas. Más aún, Fhillip, incapaz de mentir, continuaba aseverando que padecía un horrible terror ante la presencia de los orangutanes. Con todo, el robot se dedicó desde ese momento a interactuar con los animales. Su conducta se oponía a toda expectativa.

—¿Por qué lo haces?

—*Es la única manera de acabar con esto.*

Su voz seca no ayudaba a dilucidar el origen de la inusual conducta. Los investigadores debían asumir que lo que Fhillip decía era cierto, pues no era capaz de producir información falsa. Esto complicaba el enigma, que escapaba a la comprensión de todos.

La interacción continuó volviéndose más extraña en la medida que Fhillip lentamente desarrolló un rudimentario lenguaje de señas, a través del cual era capaz de comunicarse con los primates. En cierta forma el experimento se estaba saliendo de control. En un mes, Fhillip había logrado comunicarse con los orangutanes más allá que cualquier experiencia humana anterior. Por lo mismo, el estudio debía continuar. Tras los vidrios de colores, los experimentadores dejaron de observar y anotar, decidieron que aquella oportunidad no podía desperdiciarse. Investigaron nuevos marcos teóricos y levantaron un segundo estudio paralelo sobre la interacción entre robots y animales. Adicionalmente, comenzaron a proporcionarle herramientas e implementos. Tal como lo habían esperado, Fhillip fue capaz de enseñar a los primates a utilizar varios de ellos en tiempo récord.

Mientras tanto, Kelly era la única que se rehusaba a soltar la pregunta por la razón. ¿Resiliencia?

Deseaba creer que Fhillip había encontrado una forma de sobreponerse al miedo a través del apego social, pero eso era profundamente descabellado e irracional. La única hipótesis factible era que se tratase de un malfuncionamiento, que el horror hubiese alcanzado tal magnitud que le habría frito los circuitos.

El experimento encontró un abrupto desenlace tres meses después de que Fhillip comenzase a interactuar con los orangutanes. Los animales de prueba ya habían aprendido la manipulación de varios objetos como alicates y perillas. Por motivos que los experimentadores no lograban dilucidar, Fhillip prestaba atención a este tipo de cosas y dejaba completamente de lado otras, como lápices y balones. Aunque habían intentado preguntarle qué utilidad tenían unos objetos por sobre otros, todo lo que obtenían eran respuestas genéricas sobre los usos que cada artículo podía recibir.

El evento tomó lugar un día después de que el equipo decidiera presentarle a Fhillip únicamente objetos que anteriormente había rechazado. Al verlos, se quedó sentado en su silla, inmóvil, la sesión completa.

—*Estos no me sirven.*

Un carretillo de hilo, un marcador de pizarra, un juego de canicas, un contenedor plástico lleno de agua y quinientos gramos de plastilina. Al día siguiente, en cambio, le entregaron solo implementos que solía preferir. Una llave inglesa, una llave sanitaria, dos tipos de alicates y un juego de tornillos y tuercas. Los macacos bajaron por la escotilla y se dispusieron delante de Fhillip. El equipo observaba atento tras el vidrio.

Kelly continuaba sumida en sus cavilaciones intentando dilucidar las intenciones del robot, hasta que Vita Patel la tomó de una mano y la arrastró al cristal. Alguien se apresuraba a la puerta y era detenido de golpe por Sebastien. Todo ello en reacción a algo que ocurría al otro lado del muro.

—¡Nadie toque nada! El experimento continúa.

Cuando por fin la sala de experimentos estuvo a la vista de Kelly, Fhillip se había arrancado un brazo y tomaba con cuidado unos fierros y cables sueltos del miembro. En seguida se los mostró a los orangutanes y les enseñó a cortarlos y separarlos. Entre la conmoción, mientras la misma pregunta, "¿por qué?", se repetía compulsivamente en su cabeza, Kelly escuchó a alguien exclamar mecánicamente.

—¡¿Qué?!

Y entonces, como una epifanía estúpida en el peor momento, finalmente entendió qué era lo que había estado haciendo mal. No había que preguntarle a Fhillip por qué interactuaba con los orangutanes, sino qué estaba haciendo con ellos. Se abalanzó de golpe sobre el panel de mando ignorando las órdenes de Sebastien.

—¡Fhillip!, ¿¡qué hiciste con los orangutanes el último mes!?

—*Les enseñé a liberar los ductos de servicio.*

La respuesta se desplomó pesada como una sentencia. Kelly lanzó un grito para movilizar a todos a huir, mientras Sebastien ordenaba a alguien que cerrara la escotilla de los orangutanes… pero era demasiado tarde. Uno de ellos ya estaba sobre el techo y un par más se apresuraban a subir por el árbol.

A los ojos de Fhillip, la forma en que los fragmentos de arena volaban en infinitas direcciones atravesando el carsto, la madera, las fibras de su cuerpo, los vidrios, el pelaje de los orangutanes y la piel de los humanos, todo por igual, fue sencillamente sublime. Al unísono se apagaban sus pulsos magnéticos y se extinguían las palpitaciones de todos los seres vivos en el edificio… y por fin supo cómo se sentían el alivio y la seguridad.

Nerre

—Hoy es un día especial, Joani. Tu primer día de Nerre. ¿Estás emocionado?

El desayuno estaba servido, el plato de cereal y yogurt con trozos de chocolate sabía bien. Era lo más cercano a un plato con avena, leche de soya, semillas y fruta que su madre inepta había logrado. Un desayuno balanceado, tan cerca, pero tan lejos. ¿Por qué no decirle nada? No tenía caso, sus padres eran simples de cuerpo y mente. Desde que tenía uso de razón —desde los cinco años— lo sabía. Un par de simplones a los que no había que forzar la corriente. Un día no los necesitaría más, pero para eso había que esperar.

—No te olvides de apagar tu InterGo cuando te conectes.

Era inútil, ¿acaso sus padres, después de tres años, todavía no se habían dado cuenta de que jamás encendía las comunicaciones de su InterGo?

Sonreír... sonreír es sumamente importante para vivir en sociedad. Sonreír y tratar bien a los demás, dar las gracias y pedir por favor.

—Gracias Joani, eres el único niño que me saluda por mi nombre. ¿Por qué no te sientas adelante para variar? Te haría bien hacer amigos. Así les enseñas modales, no estaría nada de mal.

Los niños en el bus estaban alborotados. Los mayores daban coscorrones a los menores y les contaban historias sobre la Nerre. El 25 de noviembre era tradicionalmente el día de primera Nerre. La emoción y la inquietud se mezclaban entre un montón de niños que saltaban de un lado para otro.

—¿Te gusta Pepita? En cuanto te conectes se enterará.

Otros los tranquilizaban, diciendo que la conexión no era tan burda y que había distintos tipos de Nerre. La que se usaba en el colegio era menos intrusiva.

La profesora comenzó la sesión con algo muy similar en el salón. Se tomó un buen rato para explicar cómo funcionaba. Las clases de biología anteriores habían versado sobre el cerebro humano, los niños ya tenían nociones del funcionamiento del sistema nervioso central y la conexión entre neuronas.

—Esto es lo mismo, pero será como si cada uno de ustedes fuera una neurona.

La clase inmediatamente se saturó de preguntas en forma de brazos extendidos a punto de dislocarse. Joani miraba alrededor desde su mesa en la primera fila. Bertha preguntó cómo los afectaría la experiencia. Pensó que ella, de todos, era la que menos debía preocuparse. Era ella quien siempre estaba tratando de influir y mandonear a los demás, como aquella vez que lo había obligado a disculparse con Garlo por herir sus sentimientos. Disculparse… disculparse también es importante para vivir en sociedad, hacer creer a los demás que uno tiene buenas intenciones.

Garlo estaba interesado en saber cómo podían aprovechar la experiencia para alcanzar sus metas. La profesora se mostró especialmente motivada por la pregunta. Se explayó un buen rato sobre los beneficios en el aprendizaje no solo teórico, sino incluso de habilidades motrices gruesas.

—No Parin, nadie va a poder leer tus pensamientos sin tu consentimiento. Ya que estamos sobre esa línea, debo advertirles que es natural que sientan cosas que no habían sentido antes. Las emociones de unos y otros se transmitirán entre ustedes y sentirán las de alguien más como si fuesen propias. No se asusten. Una vez que se desconecten, todo volverá a la normalidad y lo que sientan será únicamente suyo.

Explicó que las emociones eran como cartas en un juego. Cada uno tenía las suyas y jugaba con ellas sin que el resto las viese. Si uno lo deseaba, podía mostrar cartas a otros para que las conociesen, pero al final del día, las cartas seguían siendo de su dueño. Cada carta en un mazo es distinta y cada uno hace lo que puede con las que tiene.

—Conectarse a la Nerre es como jugar todos con una sola mano en la que todas las cartas están mezcladas. No sabes a quién pertenece cada carta, pero una vez que las ves todas juntas, se abre un mundo de posibilidades de lo que puedes hacer con ellas.

Durante las siguientes dos horas, todos los niños de la clase fueron una única persona. Descubrieron que no tenían edad ni problemas y que eran capaces de grandísimas cosas con el plan adecuado. Por si fuera poco, profundizaron en el funcionamiento mismo de la Nerre y cómo era posible que estuviesen conectados unos con otros. Durante ese tiempo no hubo Dios ni evolución. Todas aquellas cosas parecían ser partes de un único aspecto de una realidad clara y bellísima.

Algunos niños se retiraron ese día tomados de la mano. No estaban unidos por un encuentro magistral de sus emociones o sus pensamientos, sino algo mucho más profundo. Los mayores se burlaban de ellos, estaban acostumbrados. Ya habían perdido la novedad y eran capaces de reconectarse con la banalidad de la vida muchísimo más rápido; eran expertos. Ante los ojos de los neófitos, habían perdido la esencia de la belleza de la vida, pero ellos sabían que eso no era más que una cuestión pasajera.

—¿Y?, ¿Cómo te fue?

La once estaba servida. Tostadas con mantequilla y leche de chocolate. La canasta de mimbre le producía ligero desagrado; si tan solo sus padres tuviesen un gusto más refinado…

—Mamá volverá temprano hoy, estábamos pensando en salir a hacer algo los tres.

Una película en NerreVR era apropiada, después de todo, tenía ganas de probarlo hacía tiempo; aunque una comedia no era precisamente lo que tenía en mente, hubiese preferido de suspenso.

La siguiente conexión a una Nerre fue un mes después. No era sano conectar a los niños a la Nerre todos los días de entrada, sus cerebros tenían que acostumbrarse de forma paulatina. El primer año era para eso, para que se adecuaran. La tercera conexión sería casi otro mes después. Luego, las instancias estarían separadas por algunas semanas, estrechando las conexiones de manera gradual, hasta llegar a una base diaria finalizando el año académico.

—Tu padre y yo nos conocimos a través de la Nerre, ¿sabías? Bueno, ya nos conocíamos de antes, pero fue en la Nerre que nuestro lazo se hizo real.

Quizás él conocería pronto a su alma gemela, eso querían decirle. ¡Patrañas!, no estaba interesado en tonterías. ¿Una pareja? Eso no sería más que un contratiempo. Si encontraba a alguien que pensara igual que él, seguramente estarían de acuerdo en mantenerse lo más lejos posible. De cualquier forma, todos los niños de su clase eran sumamente pueriles, pensaban en jugar o concentrarse en materias que les resultaban interesantes sin dar la menor consideración al futuro. No tenían un plan, no iban a ninguna parte.

—Me siento un poco enfermo.

Suje, un chico delgado y menudito, había pedido que lo retirasen de la Nerre en esa segunda sesión. Estaba conectado justo a continuación de Joani. Al liberarse, se quedó viéndolo fijamente a los ojos, mientras era ayudado por la maestra que lo guiaba sujetándole el hombro. Cuando Suje volvió a la sala, dos días después, estaba completamente cambiado. Antes vital, ya no miraba a nadie a los ojos y había enmudecido por completo. Algunos niños intentaron acercarse a él, pero reaccionaba con temor ante cualquier aproximación. Pronto, la maestra daría la indicación de no acercársele. Aquello duró apenas unos días, luego no lo vieron más.

Las historias en torno a la desaparición de Suje se desataban en paseos salvajes. Algunos decían que se había perdido en los suburbios, luego de subirse a un bus sin motivo aparente. Otros decían que se había ahogado en un estanque de arena. Otros, sin tener claro cómo, que existía consenso en que se había suicidado. Algunos proponían que habían tenido que internarlo, luego de que dejase de moverse o incluso comer. Hasta se oyó que había asesinado a un grupo de animales, o a sus padres, y que, por cualquiera de estos motivos, había sido internado quién sabía dónde. Qué le había pasado a Suje era un misterio y no había forma de averiguarlo. La maestra se negaba a referirse al tema y no había mucho más qué hacer. Su perfil en la red estaba congelado y tampoco se hablaba de él en ninguna noticia.

La vida seguía y nuevas sesiones de Nerre se aproximaban. Más allá de qué había sucedido con su compañero, era un hecho que algunos niños no aguantaban bien la conexión a la Nerre y sufrían ciertas consecuencias que obligaban a reubicarlos en otros establecimientos. La mayoría suponía que ese era un mito. Igual, no había necesidad de masticarlo demasiado… al menos no hasta que la situación se repitió con Parin.

—¿Quieres hablar de ello?

Joani sonrió instintivamente. Exageró su sonrisa de inmediato, convirtiéndola en un gesto ambiguo, como el que se hace cuando se sopesa algo importante. Sus padres eran lentos, no podrían haber alcanzado a notar que el primer esbozo de sus labios había sido de contento. Sí que quería hablar de ello, quería saber qué era lo que había afectado tanto a Suje, que llegaba a parecer como si hubiese muerto. No estaba preocupado, era simple curiosidad, una curiosidad casi científica. Tenía que fingir, pero no demasiado. Tenía que fingir que le importaba, aunque si caía en una actuación que lo hiciese ver demasiado infantil, sus padres lo protegerían de la verdad. Tenía que fingir un interés maduro.

—Me preocupa que Parin vaya a sufrir el mismo destino que Suje.

Ciertamente, la habilidad para imitar a un adulto era cosa fácil. Después de todo, los adultos seguían siendo niños gigantes con más trabas. Sus padres no sabían nada de Suje, el resto del intercambio versó en una extensa charla sobre lo mucho que les importaba entender cómo Joani se sentía respecto a los hechos. No le dieron espacio alguno para responder —afortunadamente—. En realidad, ni ellos sabían muy bien qué era lo que los tenía intranquilos. Solo necesitaban transmitirle que se preocupaban por él.

Más allá de las relaciones obvias, todo indicaba que a Parin le esperaba un destino similar al de Suje. Ella también dejó de hablar y de hacer contacto visual. Sumida en el mismo misterio que su compañero, desapareció pocas semanas después. Antes de eso, sin embargo, Joani se mantuvo pendiente de su actividad en la red y por primera vez en varios meses encendió su InterGo. Temía tener que recurrir a la asistencia de sus compañeros para usarlo, pero descubrió que era bastante intuitivo.

—Este es el perfil de Parin, pero no te gastes. Yo juego siempre con ella y desde ayer que no me contesta. Solo hablábamos por acá, pocas veces en persona.

Eso era más que suficiente, ¿había algún otro sitio de la red en que Parin tuviese actividad? Ninguno de ellos se actualizó en la semana siguiente. Lo relevante era el estado de conexión, eso era lo que Joani deseaba monitorear, algo para lo que no tenía información de Suje. En efecto, durante toda la semana antes de que Parin desapareciese, en ningún momento había arrancado su terminal. ¿No lo había hecho porque no había querido o porque no había podido?

La profesora se dedicó desde entonces a asegurarles a los niños que estaban fuera de peligro y que las bajas eran mera coincidencia. Les aseguró que los dos compañeros, cuyos nombres no volvió a pronunciar, se encontraban bien. Estaban participando de un escalafón social distinto, que se enfocaba en la preservación de las artes antiguas y era crucial para su formación mantenerlos alejados de las redes por un tiempo. La ausencia no tenía que ver con sus condiciones de salud ni nada relacionado. Eran buenas noticias, los niños se alegraban, a fin de cuentas, la preservación de las artes antiguas era un trabajo bien visto, una actividad escasa para la que no muchos calificaban.

—Entonces, ¿por qué razón llegará a la clase un agregado de homicidios?

Bubu rara vez hablaba. Cada palabra suya era como una estocada certera. Era la única niña que le producía algo de curiosidad a Joani, le guardaba un recelo distinto al que sentía hacia los otros niños. Cuando hablaba, la clase completa guardaba silencio, no solo durante sus breves palabras, sino hasta varios segundos después. Como Bubu suponía, la profesora inquirió de dónde había obtenido esa información, sin intentar dar una respuesta.

La presencia de un agregado de homicidios implicaba que se estaba investigando un asesinato. Los rumores no habían sido infundados. Uno de los dos, Parin o Suje —o quizás ambos—, efectivamente había asesinado a sus padres. Pero si habían cometido asesinato, ¿para qué enviar un investigador a la sala de clases donde ya no iban a regresar? ¿Tal vez uno de los niños del curso había asesinado a los padres de Suje y Parin?

La respuesta no arribó. Lo que llegó fue un hombre alto que escondía su contextura bajo un larguísimo abrigo, oscuro como su presencia. Los niños lo recibieron bien, después de todo, el ambiente se había tornado ominoso antes de su llegada. Él materializaba un sentimiento que ya se había instalado desde la segunda conexión a la Nerre.

La siguiente conexión estuvo rodeada de peculiaridades: el miedo por quién sería el siguiente en desaparecer, la presencia del hombre en la sala y su mirada que escrutaba calando profundo, la indolencia de la profesora… Pero lo más peculiar fue la aparente normalidad en todos los procedimientos. Nadie se había sentido mal, nadie había sido desconectado, el investigador no había hecho preguntas ni observaciones. Todo había sido normal, dejando de lado que nada lo era realmente.

—Háblame de ti.

Desde entonces, el hombre se sentó cada día con uno de los niños en un salón aparte, en el que solo había una mesa, dos sillas y una lámpara de lava. Joani observó la lámpara unos segundos y luego puso toda su atención sobre Touker. Apenas, como gran caridad, le había proporcionado su apellido y nada más. Lo interrogó durante toda la jornada con preguntas que en principio parecían triviales, pero que de a poco le fueron dando la sensación de que servirían para conformar un completo perfil de su persona en varios niveles. Era el sexto de diecinueve en pasar el día con Touker.

Los cinco anteriores no habían dicho palabra alguna de cómo había sido su día en compañía del hombre. Así se les había ordenado y, por algún inusual azar, acataban. Quizás era el respeto que su figura infundía en ellos.

Al otro lado del edificio, la clase se llevaba a cabo con normalidad —dentro de lo posible—. Al menos así había sido los cinco días anteriores, cuando el hombre tomó a Bubu el segundo día y a Veena el tercero. Por muy profundo que fuese el análisis, no era sensato ocupar un día completo en ello; la razón para hacerlo era otra. La examinación era doble, Touker estaba observando a cada niño mientras que la maestra observaba cómo se comportaba la clase sin aquel. En otras palabras, estaban buscando a alguien, uno de los diecinueve era el asesino. Pero ¿quién era la víctima? Las cosas comenzaban a indicar que quizás Parin y Suje ya no estaban con vida.

¿Sería acaso él? La idea de la muerte de los demás lo dejaba ciertamente indiferente. Su interés en los extravíos era de todo, menos empático. Joani miró la lámpara una vez más y pensó calculando que tenía el tiempo correspondiente a un subir y bajar de burbuja para decidir cómo comportarse. Ya había pasado más de media jornada en la examinación de Touker, sin contar una semana completa en su presencia. Probablemente ya había entregado más información de la que le hubiese gustado.

Los seres humanos no maduran después de los doce años, y si lo hacen, es una vergüenza. Mis padres son una vergüenza. Vergüenza… avergonzarse también es relevante para vivir en sociedad. Es necesario mostrarse contrito y disculparse, hacer creer a los demás que la vergüenza se siente por uno mismo y no por ellos.

Había algo positivo en su tardía epifanía, hasta entonces había actuado con total naturalidad. Esa era una de las cosas que tenía que mantener, la principal. Luego, tenía que esconder todos los aspectos de su personalidad que pudieren hacer pensar a Touker que él podía ser el asesino. Debió haberse sentido amenazado, una caza se estaba llevando a cabo y la presa era él; en cambio, se sintió expectante y ansioso, la adrenalina corría por sus venas. Eso era suficiente prueba para sí mismo.

—¿Tienes algún pasatiempo?

Lo único que lo frustraba, era que burlar al investigador estaba siendo demasiado fácil. Le estaba dando absolutamente todas las facilidades para hacerse pasar por inocente. Al menos eso le pareció, hasta que la jornada llegó a su fin.

—Hmpf. El resto de los niños se pasaron todo el día mirando la lámpara de lava.

Una sospecha, ¿ese había sido su error? Repasó en su mente una decena de frases para darle la vuelta a la situación.

—¡Qué tontos!

Había sido rápido y natural, era imposible que Touker hubiese descubierto su engaño, había ganado. Después de todo, jamás influía en la clase de forma alguna, su maestra no podía haber notado algo inusual en su ausencia.

Regresó al día siguiente sintiéndose mejor que nunca. Tenía control sobre lo que sucedería con Touker y la clase durante casi las próximas tres semanas. En ese tiempo, tenía algunos asuntos qué solucionar. En primer lugar, aunque había descubierto por azar que era capaz de utilizar la Nerre para asesinar a sus compañeros, no tenía la más mínima idea de cómo lo había hecho. Eso tenía dos inconvenientes. Por una parte, podía resultar involuntario; por otra, no podría disfrutar la satisfacción de sus asesinatos si no los ejecutaba a voluntad. Era crucial investigar más al respecto. Luego debía planificar sus siguientes acciones en la Nerre, tenía que definir de cuántos compañeros podía disponer sin ser descubierto. Finalmente, ya que estaba libre de sospecha, tenía trece candidatos más a quiénes culpar.

La tecnología de las Nerres ha revolucionado al mundo. A través de ellas, la sociedad ha logrado avances antes inimaginables. El conocimiento en el mundo crecía exponencialmente, duplicándose cada diez años hasta antes de ellas. Esa progresión aumentó de tal manera, que actualmente se duplica en cuestión de meses. La conexión suele ser inocua, sin embargo, se han registrado casos excepcionales en los que algunos individuos han resultado afectados. Una posibilidad de ocurrencia es cuando un individuo conectado presenta severas disrupciones emocionales. Las personas afectadas han descrito la sensación como una profunda desesperanza, que emana desde un sentimiento inefable y ominoso. Los efectos adversos, en los casos más graves, pueden llegar a producir síndromes catatónicos o incluso la muerte. Hoy en día, la emergencia de tales situaciones se ha reducido, gracias a las evaluaciones emocionales necesarias para validar a una persona como apta para Nerre. Pese a ello, existe el riesgo de ser afectado por individuos con psicopatía o sociopatía acusada, pues no se ha desarrollado hasta el momento un instrumento capaz de identificar prematuramente la totalidad de los casos.

¿Psicopatía o sociopatía? Ridículo, Joani se sentía como la única persona cuerda en toda la sociedad. Eso, se supone, lo convertía en psicópata. Era de esperar que la gente común le temiese a lo que no podía entender, que se sintiese amenazada por ello. El apelativo no era un insulto, sino una mera expresión de la mediocridad de su especie.

Dos semanas exactas después, Joani tenía las cosas bastante claras. Bertha aún no había sido seleccionada por Touker, y Joani la había elegido para ser su chivo expiatorio. Era muy simple, un susurro preciso por aquí y una pregunta seleccionada más allá, serían suficientes para producir un cambio ambiental en la clase durante su ausencia. Si a la vez le daba alguna mínima pizca de inseguridad sobre lo que ocurriría en su entrevista, Touker mordería el anzuelo sin lugar a dudas. Luego no tendría más que analizar con atención la reacción del investigador y entregarle las pruebas necesarias para mantenerlo amarrado a sus conclusiones.

Día dieciocho, finalmente era el turno de Bertha. Joani la vio dejar la sala como ganado al matadero, tan ingenua. Un susurro preciso y una pregunta seleccionada, nadie sospechaba nada. Esperó... No había cambios, un susurro incómodo y una pregunta forzada. Nada. Una repetición inadecuada y una interrogante abierta. ¿Había sobrestimado sus habilidades? La naturalidad con la que sus compañeros sobrellevaban sus intentos por romper la investigación lo exasperaba.

El día diecinueve era demasiado tarde, demasiado obvio. Tenía aquel día, el siguiente y el fin de semana para decidir si atacar a alguien en la próxima conexión o no. Al menos las cosas en su casa estaban más soportables. Sus padres continuaban preocupados y, por consiguiente, silentes.

El día de la conexión llegó y Touker continuaba sin un sospechoso principal, sin una pista, sin nada. Allí permanecía, no obstante, observando, interponiéndose. Joani tenía que abstenerse de rodar sus ojos mientras se recostaba sobre su sitio en la Nerre, no contaba con que varios de los otros niños sí lo harían.

Cerró sus ojos y se concentró. Era momento. Trató de recordar cómo se había sentido cuando Suje y Parin fueron desacoplados. Quizás no podía elegir su víctima, pero trataría de obrar de todas formas. Al fin y al cabo, ni él sabía muy bien cómo operaba el fenómeno, mal podían atraparle en esas condiciones. Lo único que había descubierto, era que tenía alguna relación con sus sentimientos.

—No.

La sensación de asco y sorpresa lo estremeció. La sorpresa de haberse sobrecogido a tal punto, que llegase a quebrar su parsimonia hablando en voz alta. El disgusto se lo había provocado la idea de terminar la vida de alguien. En cuanto lo visualizó, llegaron a su mente las imágenes de la policía tomándolo en custodia y sus padres sollozando desconsolados, una figura que le producía repulsión; qué derecho tenían ellos de intervenir así en sus planes. Pero sus padres no lloraban, así como la policía no lo tenía. Touker no lo tenía, no tenía idea. Volvió a intentarlo y nuevamente el desagrado lo sobrellevó, tan violentamente, que se levantó de golpe quitándose la interfaz. Sus ojos estaban vidriosos, estaba completamente frustrado. En ese momento nada más le importaba, estaba completamente sumido en la impotencia de no poder matar a voluntad.

Tan concentrado estaba, que no se dio cuenta cuando Touker se abalanzaba sobre él y lo desplazaba violentamente junto a la Nerre. Al sentir las gruesas manos asiéndolo por los hombros, pensó que había sido descubierto; en cambio, Touker tenía su mirada fija en la Nerre. En cuanto sacó a Joani de su camino, se sentó en su lugar y se conectó. La maestra estaba tan pasmada como Joani, les costó un instante interpretar la reacción, Touker había pensado que Joani era la tercera víctima y se había conectado para intervenir al asesino. ¡Era perfecto! Ahora podía asegurarse de quedar completamente fuera de sospecha, no importaba quién muriese luego, nadie volvería a pensar en él como perpetrador.

Creyó que con eso bastaba, esperaría a que Touker se desacoplara, sabiendo que en ningún caso encontraría al asesino, pues no estaba allí. Actuaría como si estuviese profundamente afectado por el ataque recibido. Diría que había sentido una sensación de estar muriéndose, que se había desconectado antes de que lo afectase más y que probablemente se había salvado apenas por unos segundos. Esto le diría a Touker. Continuó esperando… Touker nunca salió de la Nerre.

—Yo tampoco quiero que nuestro hijo vuelva a ese lugar, pero la policía de investigaciones exige que todos los niños estén. No hay nada que podamos hacer, aseguran que están tomando todas las precauciones y que no volverán a conectarlos hasta que encuentren el problema.

La maestra ya no sabía cómo afrontar la situación. Tenía dos alumnos perdidos y un investigador muerto, ciertamente tenía entre sus manos más de lo que podía amasar. Joani la vio junto a varias cajas negras enormes en la entrada del colegio; el cargamento acababa de llegar. Seguramente en ellas se encontraba la nueva Nerre, una que utilizarían solo individualmente y bajo estricta supervisión policial, por improductivo que resultase. De la forma que fuere, nadie más moriría y las autoridades se estaban cerciorando de eso.

No lo creía posible, pues sus cálculos siempre eran perfectos, pero tenía que admitir que había pasado algo evidente por alto. No sería tan fácil como seguir disponiendo de sus compañeros lentamente y esperar a que, aun cuando no pudiesen descubrirlo, nadie hiciera algo para impedir que más niños siguieran muriendo. Al menos había descubierto algo nuevo, podía asesinar a alguien incluso después de desconectarse, aunque tampoco sabía bien cómo lo había hecho. De todas formas, no podía hacer uso de esa técnica de nuevo. Cualquiera que fuese atacado mientras se encontrara conectado solo, haría sospechar de la última persona en conectarse. Por otra parte, la nueva Nerre podría estar equipada secretamente con algún mecanismo capaz de detectar los instintos asesinos.

Desde entonces, la sala de clases se llenó de tensión tácita, nadie interrumpía jamás ni se daba cotilleo alguno entre los alumnos, uno de ellos era un asesino o algo parecido. En la parte trasera del cuarto, permanecía apoyada la máquina reluciente, con sus brazos negros extendidos hacia los muros. Parecía una presencia sombría, que amenazaba con corromper la mente de cualquiera que osara acercarse. Ya ninguno deseaba conectarse a la Nerre. Los rumores se habían extendido al resto de la escuela y los niños de la clase eran tratados como animales moribundos de la manada a los que nadie se acercaba, por algo que seguramente se encontraba a medio camino entre la repulsión y el miedo.

Dos semanas transcurrieron así. Ya había entrado el invierno y los días eran lúgubres. El aire frío acompañaba la maldición de la Nerre, resaltando su tono amenazante.

—Bertha, Bubu y Joani. Vengan conmigo.

La maestra había recibido una tarjeta gruesa. Tras leerla, apartó a los tres niños y los hizo salir con ella. Afuera de la sala se encontraba una colorida mujer sonriente. Su abrigo de fieltro, de intenso rojo con solapas diagonales que sobresalían como alargadas escamas mustias, era imposible de situar en una época específica. Mezclaba lo antiguo con lo futurista y hacía perfecto juego con sus lentes puntudos de marco negro. La mujer sonreía con gusto, como quien va a dar una excelente noticia por la que está incluso más emocionada que los recipientes de la buenaventura.

La policía no se había hecho presente en las últimas dos semanas. ¿Qué podía estar haciendo allí esa mujer, con su reluciente chapita sobre el pecho y pavoneando un aire victorioso?

—Así que tenemos a un pequeño asesino aquí, ¿eh?

Hablaba con descuido. Estaba completamente segura de sus métodos, completamente segura de que tenía al culpable y de que no sería capaz de hacer daño a nadie más antes de que ella dilucidara su identidad. Joani tenía apenas algunas horas para escapar ese destino o seguramente sería descubierto. Pero ¿cómo habían llegado hasta ahí? En dos semanas la brigada de homicidios no se había manifestado. ¿Cómo habían progresado tanto?

—Seguro que nos extrañaron. Estábamos ocupados conociendo a sus papis y otras cosas. Son un amor.

Se acercó a Joani especialmente y le picó la nariz, como felicitándolo por cuidar bien de sus mascotas. ¡Le pisaba la huella! No podía ser. Sospechaba de él, aun tras haber sido aparentemente víctima de un ataque. La mujer era un rival serio. Con todo, tenía todavía una cosa a su favor: no podían probar nada en su contra. Aun si tuviese que dejar de lado todo lo que había logrado hasta entonces, era apenas una batalla. Guardar sus sentimientos y tener paciencia por suficiente tiempo, harían que la policía estuviera forzada a abandonar la caza a la larga… y la paciencia era su fuerte. Se tranquilizó y decidió consentir de cara a lo que fuere que la investigadora le ofreciese. De esta forma se tranquilizó tanto, que ya no temía nada. No había forma de que lo venciesen.

¿Cuál es la responsabilidad de un asesino? Matar es un placer y a la vez una responsabilidad. Había sentido el peso psicológico de tres asesinatos sobre sus hombros y no era nada liviano. Incluso se sentía aliviado de tener que mantener un perfil bajo por un tiempo prolongado, de no tener que dañar a nadie más. ¿Quién le había impuesto la responsabilidad de asesinar a sus compañeros? Esa misma responsabilidad le impedía pensar en hacerle lo mismo a la nueva investigadora; ella debía vivir. Era inteligente, sagaz y metódica. Merecía respeto. Era del tipo de personas que merecían habitar su mundo, aunque supusiese una amenaza. Su breve encuentro le había servido para juzgarlo; aunque si buscaba más profundamente, muy profundamente, realmente no deseaba matar a nadie. Por eso lo sentía como una responsabilidad, o tal vez un demonio que habitaba en su interior. Un demonio invisible que destruiría la humanidad y luego, cuando ya no tuviese más uso para su cuerpo terrenal, acabaría con él mismo desde su interior. Psicosis, pensar algo así se parecía mucho a la psicosis. Los niños de su edad no tenían que estar pensando esas cosas, ¿era él mismo, acaso, un niño de su propia edad?

El llanto de Bertha lo devolvió a la realidad.

—Bueno, esto va a ser bastante simple. Vamos a conectar a cada uno de ustedes por separado a la Nerre aquí mismo y con toda la sala de testigos.

Los niños intentaron indagar más sobre lo que sucedería con ellos, pero la mujer los hizo callar con una falta de empatía excepcional y los mandó a moverse. Dos sujetos robustos se asomaron tras ella: sus órdenes se cumplirían por la fuerza si era necesario. El primero en conectarse fue Joani. Mientras se acoplaba al aparato, la mujer mandó a Bertha a sentarse entre el resto de los alumnos y ordenó a Bubu que se acercase a la máquina. Los ojos de la niña comenzaron a humedecerse, mientras la clase completa la observaba sin entender nada. Entonces, Bubu estalló en un llanto desconsolado y echó a correr hacia uno de los niños en la sala, abrazándose a él.

—Está decidido.

Los dos hombres se acercaron a Joani y se lo llevaron en la parte trasera de una camioneta blindada, como a un animal rabioso o a un criminal verdaderamente temible. A él, que debía ser el zenit de la civilización, apenas comprendiendo nada de lo sucedido, de cómo lo habían podido descubrir. Un par de interrogatorios con Joani y conversaciones con la clase, especialmente con Bubu, habían sellado su destino.

—Nos dijeron que estás completamente reformado.

No lo podía creer. Treinta años sin ver a sus padres y, aun así, estaban felices del reencuentro. Habían envejecido bien, mejor que él con certeza.

—A veces hemos hablado de esto. Con tu padre damos gracias a la forma en que se dieron las cosas. Tú sabes que te amamos…

No estaban haciendo ningún juicio moral. Ya fuera por azar o alguna especie de destino nefasto, casi todos sus compañeros de curso habían fallecido jóvenes. Pasar toda su vida en instituciones reformatorias lo había apartado de ese mismo destino, al menos en los ojos llenos de misticismo de sus padres. Deseaban creer que su hijo nunca había sido un asesino, que una especie de nube negra se había posado sobre su Nerre y que la mano de Dios lo había retirado de allí, al precio de someterlo a una vida de instituciones alienadas de la sociedad para salvarle la vida.

Joani había dejado de preguntarse hacía muchos años por qué motivo había acabado recluido fuera de la sociedad. Con el tiempo, había concluido que nunca había sido un asesino ni un sociópata. "Psicópata", podía vivir con eso.

El día de su libertad, los tres fueron a ver una película al NerreVR, una remasterización de un antiguo clásico. Disfrutó moverse entre los leones animados en la sabana, se sintió libre como ellos. Había dejado atrás la sombra y sentía el aire tibio del ocaso. Lo más reconfortante era el sentido de comunión, de que trescientas personas más estuviesen junto a él; todos eran parte de un mismo cosmos. Nadie juzgaba a nadie, todos disfrutaban de la misma película. Sus padres se encontraban junto a él. De pronto, un sentimiento lejano, pero familiar, le sobrevino. El sentimiento le hablaba como el murmullo del viento que augura la tormenta.

—Fuiste bueno, Joani. Me gustabas, me fuiste de utilidad, pero eres un cabo suelto, a fin de cuentas.

Sintió las palabras como si pudiera escucharlas, pero provenían de su corazón o de algo que se había alojado en él. Por un momento temió. Ese demonio en su interior había sobrevivido y junto con su cuerpo había sido liberado nuevamente sobre la humanidad.

—No.

Era un demonio completamente distinto, uno palpable, uno que había conocido con sus ojos y oídos tres décadas atrás. Uno con el que había compartido memorias, uno que había pasado por alto, pero que no lo había ignorado a él. Finalmente lo comprendió. Nunca había asesinado a nadie, no hubiese podido. Pero Bubu se equivocaba en una cosa, no era un cabo suelto, era apenas un capricho.

Ya no importaba, no había nada que pudiese hacer para salvarse. Se detuvo y trató de disfrutar lo mejor que pudo del paisaje maravilloso que vería durante sus últimos momentos, mientras los sentimientos incomprensibles nublaban su corazón y oscurecían sus venas.

Más allá

01.01.2090. ¿Año nuevo, vida nueva? Me gustaría pensar que todo esto puede tener una connotación positiva. Henry dice que un diario me podría ayudar a ordenar mis ideas. No sé, vamos a ver.

08.01.2090. Henry dice que, "cuando esté lista", escriba aquí lo que pasó. Mientras tanto, debería escribir cualquier cosa que me pase cada día. Ya veo que llenar estas cien páginas se me va a hacer eterno.

Las manchas de sangre impiden leer algunas páginas.

13.02.2090. Los hechos todavía están confusos, pero estoy lista para escribir lo poco que recuerdo. Fue en noviembre del año pasado. Nada fuera de lo común ese día, nos conectamos a la Nerre como de costumbre. Ya estábamos acostumbrados, todos sabían que los dispositivos cuánticos eran peligrosos cerca de la Nerre. La advertencia le sobraba especialmente a Cori, ella ni siquiera tenía un InterGo. Lo siguiente que recuerdo es estar en la clínica, para entonces, ya había perdido a mi mejor amiga. "No fue culpa de ella, este tipo de tecnología tan peligrosa debería estar prohibida". No fue lo primero que escuché al despertar, pero es lo que mejor recuerdo junto con el asqueroso rostro condescendiente de un tipo frentón y lampiño.

14.02.2090. Algo no anda bien. La actitud de Henry cambió de manera radical luego de mostrarle lo último que escribí. ¿No está para aconsejarme? ¿Ahora se supone que destruya este diario? No me interesa. Le voy agarrando el gusto a esto de escribir en papel, tiene una extraña sensación de realidad. Me hace cuestionar otras cosas.

Las manchas de sangre impiden leer algunas páginas.

(…) vez se repiten en mi mente las (…) Me trataba de advertir. Nos vigilan (…)

Las manchas de sangre impiden leer algunas páginas.

21.06.2090. Hoy leí este artículo que me pareció interesante, se me ocurrió pegar el recorte para no olvidarlo:

"La importancia de morir feliz.
Existe la vida después de la muerte y no es lo que creíamos. Los implantes gravitacionales han permitido estudiar el cerebro como nunca. Al momento de morir, el cerebro entra en actividad intensa durante apenas un instante. Finalmente, sabemos que dicha hiperactivación es la responsable de producir un 'último sueño' que se vivencia como una eternidad. El ánimo con el que morimos determina la tonalidad de nuestro sueño final, convirtiéndolo en un paraíso o un infierno".

08.07.2090. Con lo que cuesta encontrar prensa fidedigna fuera de la red. ¿Nadie se da cuenta de que las caras de los líderes se muestran solo en sus InterGos? Por supuesto que no se dan cuenta, porque no ven más que a través de este. Ya nadie ve el mundo real. Es obvio que muestran sus caras solo donde pueden editarlas en el futuro. Están constantemente editando nuestro pasado para alinearlo con sus intereses actuales. Soy el único testigo de todo y este diario es mi testimonio.

29.01.2091. Sé que me observan. Aunque me vean entrar a este baño, no podrían saber de este diario ni dónde lo llevo. Quizás me arriesgué al volver tan pronto, pero necesito escribir esto. Ya lo descubrí, los alienígenas que controlan a la humanidad son Infinity. Solo necesito una última prueba y tengo una idea de cómo conseguirla.

30.04.2091 – Debo ser extremadamente precavida. He dominado el arte de aguantar las ganas de orinar por días. A veces duele, pero tengo que evitar a toda costa que descubran este diario. Encontré un InterGo gravitacional defectuoso. Se llenan la boca diciendo que la tecnología gravitacional no puede fallar y aquí lo tengo. La pieza de utilería perfecta para hacerme pasar por uno de sus zombis.

Las manchas de sangre impiden leer algunas páginas.

15.07.2092. A veces me quedo quieta en el tumulto solo para observar. Soy invisible. Si no estás en la realidad aumentada, no estás. Literalmente, dejas de existir para los demás. Me pasan por el lado sin saber. No tengo un avatar, no soy. De vez en cuando, alguien se queda mirándome, quizás por un error de su interfaz, o, en el mejor de los casos, porque la ha apagado para saber a qué se debe que su asistente renderice un obstáculo arbitrario en medio del camino. Es muy poca la gente que me ve. Luego, vuelvo a dejar de existir.

04.12.2092. Por fin ha llegado el momento. En dos semanas, Infinity sostendrá un evento para el lanzamiento de algo llamado Senesensa. Será un evento público y las principales figuras de la compañía, los alienígenas, estarán allí. Es mi oportunidad para exponer lo que sucede.

19.12.2092. Fui una estúpida. Soy solo una persona contra un arsenal de tecnología alienígena. Fui una estúpida. ¿Cómo creí que iba a tener oportunidad de hacer algo? Estoy condenada.

Las manchas de sangre impiden leer algunas páginas.

03.05.2093. ¡Mierda! ¡Qué asco! No sé ni para qué me gasto en escribir esto. Igual tengo que deshacerme del diario ahora. Mi período se adelantó y la bolsita estaba mal sellada, ahora mi diario está lleno de sangre. Alcancé a llenar cincuenta de las cien páginas.

02.01.2132. Han pasado años sin escribir. Es realmente un milagro que este diario vuelva a mis manos. No tengo la más mínima idea de cómo sobrevivió todo este tiempo, es una bendición. Comenzaba a perder la cabeza preguntándome si mi vida es real; este diario es la única prueba de lo que he vivido. Solo en sus páginas lo escrito no puede cambiarse, al leerlo me convenzo de que realmente he vivido lo que recuerdo.

03.01.2132. Los últimos cuarenta años han sido horribles. Desde que Infinity tiene su vista sobre mí, no he hecho otra cosa que huir. Me he vuelto sumamente hábil, es un gran logro que una entidad interplanetaria con recursos ilimitados no haya sido capaz de atraparme. A veces pienso que es hasta sospechoso.

03.01.2132. Violé mi norma para regresar al baño. Tuve una epifanía. Tengo que revisar de nuevo ese artículo. Ojalá todavía sea legible.

Es lo que pensaba, ahora entiendo todo. Es lo que dice el artículo sobre "la importancia de morir feliz". Es por eso que no se han encargado de mí. No quieren hacerme desaparecer, quieren enviarme al infierno. Por eso se han tomado su tiempo, quieren que mi muerte sea en circunstancias especialmente horribles. Pero no lo lograrán, no me dejaré atrapar tan fácilmente.

Varias páginas están aglutinadas en sangre.

26.02.2330. A veces siento que mi vida está conectada a este diario. Es lo único real, lo único de lo que puedo estar segura en mi vida. A veces siento que el día que se acaben las páginas de este diario, será el día en que mi vida llegue a su fin. En cierta forma, espero con ansias ese día de paz.

Varias páginas están aglutinadas en sangre.

31.01.2356. Día y noche no son más que la angustia de ser atrapada en cualquier momento. No importa dónde me esconda, debo estar en constante movimiento para que no me encuentren. Llevo décadas planificando mi suicidio, pero aún no logro dar con una forma de ganarles. Aún no vislumbro una manera de tener la certeza de que moriré feliz. Pero lo lograré, me encantaría ver sus rostros al descubrir mi expresión de felicidad cuando finalmente muera.

Varias páginas están aglutinadas en sangre.

25.11.2661. La mancha de sangre sigue ahí. Es mi consuelo de que este libro sigue siendo real. A veces siento que pierdo la cordura, pero este librito manchado de sangre me devuelve la esperanza.

Varias páginas están aglutinadas en sangre.

01.01.3000. La primera entrada del milenio, aunque es la número catorce mil ochocientos setenta y ocho en el diario. No entiendo cómo es que he alcanzado tan avanzada edad. Ha sido todo un milenio de angustia. Con el comienzo de un nuevo milenio, también se avecinan nuevas esperanzas. Todavía quedan cincuenta páginas para escribir.

El corazón de Dyson

La masa gigante de carne se retorció súbitamente. El suelo a sus pies se estremeció, alertando a los miles de retoños que jugaban a su alrededor sin cuidado. Era como si se acomodara, agotada de descansar sobre la misma posición durante décadas. A veces parecía que el planeta se erguía bajo sus bultos y no al revés. Todo eran suposiciones en torno a la masa de carne. El padre nunca hablaba de ella, aunque a menudo se sentaba años enteros a observarla sin pestañear.

Las noches eran bellas en el archipiélago. Mis hijos… me gustaría contarles historias de antaño.

Arvalg era una isla relativamente grande, bastante remota. Solo un puente la conectaba a Chizaw, la isla más cercana. Era el puente más largo de todo el archipiélago, pero cruzar puentes era algo instantáneo, así que a nadie le importaba su longitud; no agregaba un interés especial. Allí estábamos, un equipo de cinco personas, preparándonos para una misión inusual. Creo que la mayoría tenía sus ojos sobre nuestro destino, una dirección aproximada al menos. La misma en que apuntaba mi espalda; esa fue la última vez que vi el sol brillando en medio del hermoso firmamento nocturno.

El archipiélago era tranquilo y extenso, lo suficiente para una colonia reducida. Diez millones debió haber sido el último número de habitantes. Vuestro padre solía decir que la gente le tenía miedo al archipiélago, que tenían miedo de la escasez y aislamiento. En el archipiélago vivíamos bien y éramos útiles. Producíamos más de la mitad de la energía para toda la humanidad. Para mí, lo mejor era la forma en que las piedras se alineaban cada tanto, formando patrones que parecían planos, como una pared de roca por la que el sol se cuela desplazándose lento de un extremo a otro. Ni siquiera vuestro padre sabe esto, pero yo conocía Arvalg muy bien. Solía sentarme allí, con Ceres en medio del entramado de asteroides; era el mejor lugar para contemplar la noche solar.

Me gustaría decirles esto: llenen sus vidas de bellos momentos. Incluso cuando había otras personas, yo solo llenaba mi vida de buenos momentos. Quizás me perdí la oportunidad de otra cosa, de llenarla de buenas personas. Pero vuestro padre no, aunque él no querría cargarlos con el peso que significa saberlo ahora que ya no es posible. Él sí llenó su vida de bellas personas.

La tripulación del Tyrell 2 la componíamos apenas cinco personas. Fumie, la astrofísica; Luigi, el biólogo; Anilena, la antropóloga; y yo, geóloga. La quinta persona era vuestro padre, holósofo, su labor era articular la interacción del conocimiento entre el resto del equipo. Por lo mismo, era el líder de la expedición. Todo era muy distinto entonces, distinto a cómo es ahora y a la manera en que había sido dos décadas antes. Eran tiempos extraños, la mayoría de las cosas que hacían que fuera así —para bien o para mal— ya no existen. La información se medía en cantidades. Fumie tenía trescientos cincuenta megabytes de astrofísica, Luigi veinte gigabytes de biología y Anilena dos petabytes y medio de antropología. Mi cerebro tiene dieciséis terabytes de geología y el de vuestro padre tres, divididos entre muchísimas áreas de conocimiento. Las diferencias en la cantidad de información se debían al tipo de conocimiento. Por ejemplo, la astrofísica, al ser esencialmente teórica, ocupaba muy poco espacio, pese a ser en realidad una de las más complejas. Lo que más lástima me da es lo que se perdió con Anilena, ella era la última antología viviente de todo lo que había sido la humanidad.

La primera vez que vi a vuestro padre fue precisamente en esa piedra, Arvalg, el día que partió la expedición. Del mismo lugar había salido, cincuenta años antes, una expedición con idéntico rumbo: cuatro personas a bordo del Flowen 1, el año 2218. No me gustaba mucho pensar en eso, solo esperaba que hubieran tenido bellos momentos; quizás a bordo de la nave, quizás en su vida antes de la misión, quizás incluso en las lunas de Júpiter. La expedición del Flowen 1 no había sido afortunada. Dos tripulantes habían fallecido en Callisto y posteriormente dos en el archipiélago, de una terrible enfermedad que habían contraído durante el viaje.

Nuestro trabajo era constatar las condiciones del sistema lunar y medir los parámetros ambientales que pudieran ocasionar enfermedades. Si había posibilidad, instalaríamos puentes entre las lunas de Júpiter, pero sabíamos que no sería el caso. Estábamos seguros de que así sería, pero al igual que la tripulación del Flowen 1, todos podemos equivocarnos.

Júpiter tiene cuatro lunas mayores, cada una con la masa de un planeta. La más cercana es Io, luego vienen Europa, Ganymede y la última es Callisto, en la que nos encontramos ahora.

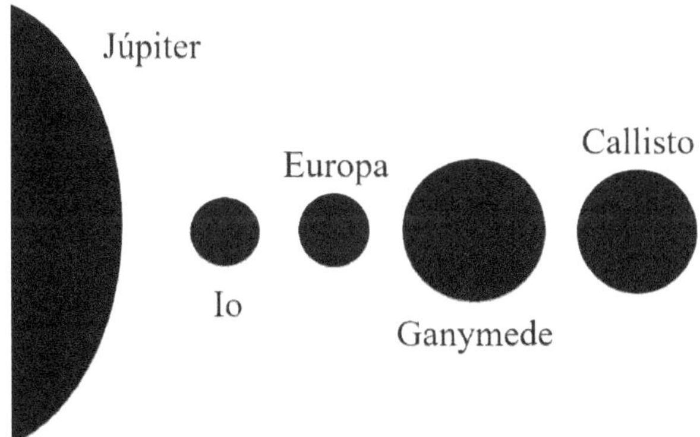

Los retoños se arrimaron en torno a la masa grotesca. Adivinaban una animosidad cariñosa. Se detuvieron a escuchar sus erupciones, poniendo atención en el líquido viscoso que escurría desde algunos cráteres superiores y se reabsorbía lentamente antes de tocar el suelo.

—Esto va a ser grande, ¡como el universal del doble par de pares!

—¿Sigues con eso?

—Bueno, nada tan grande. Pero te lo digo, ¡esto es grande!

No podía evitar reírme de las discusiones entre Luigi y vuestro padre; Luigi era un auténtico italiano. No de la Italia de la Tierra, sino del archipiélago. Los italianos del archipiélago eran sumamente patriotas por un sentido extraño de fanatismo terrestre, pese a que muy pocos conocían la verdadera Italia. Se decía que esa era una de las cosas que les quedaba de sus ancestros. Que los italianos eran originalmente así, con un orgullo que afloraba desde los aspectos culturales más ridículos y antojadizos.

—¡Vamos a celebrar con senda pizza Margherita!

—Luigi, por favor, ni siquiera sabes qué es eso.

—Lo averiguaré para celebrar. ¡Y más te vale que lo haga!

Todo lo que venía de los labios de Luigi era completamente subjetivo y azaroso, especialmente cuando se trataba de su patria. Algo se aplacaba su ánimo cuando Anilena estaba cerca. Ella era la única que realmente sabía sobre la cultura italiana y su gastronomía. Debía saberlo, estaba codificado en sus conocimientos antropológicos. Los dichos, como siempre, producían una reacción en ella. Con frecuencia rodaba sus ojos, dando a entender que la verborrea de Luigi no era otra cosa que tonterías. Cuando de manera excepcional sus palabras coincidían con la realidad, él mismo no lo dejaba pasar y se encargaba de celebrarse con exageración.

—¡Figo! ¡Ma chi Itallia e' molto grandíssima!

Seguido, sin excepción, por la lúgubre expresión de Anilena. Después de eso, era común un intercambio de piropos incómodos, inversos quizás, algo sumamente extraño para mí. Era lo más parecido a ver una ronda de apuestas de póker, ambas cosas igual de incomprensibles. Luigi buscaba la aprobación de Anilena y ella que él apreciase los cuidados que invertía en su cuerpo. Ambos tan empecinados, que ninguno era capaz de reconocer las intenciones del otro.

Un día, Anilena me preguntó si se le veían los codos. No se le veían. Me causó gracia, mi risa era contagiosa. Mientras nos reíamos, le pregunté a qué se refería. Contestó, ruborizada, que no quería causar mala impresión. Así supe que sus codos eran la parte menos favorita de su cuerpo. Solía quejarse de que su busto era modesto y sus caderas demasiado abundantes, pero en alguna medida reconocía —como lo hacían todos los demás— que su figura era bastante atractiva. Yo siempre había sido menuda y no me preocupaba, no estaba interesada por atraer a nadie. No me planteaba llegar a estar en pareja, ni siquiera con la invención del Senesensa.

—Bueno, explícame eso del universal.

—Ah, qué bien Luciano que te intereses por las cosas que importan. El año 2222 fue un año único.

—Evidente.

—No, no. Ese fue el año del universal.

—Pero si ni siquiera hay futbolistas profesionales fuera de la tierra. El universal de fútbol se jugó en la tierra con gente de la tierra.

—Ma Luciano. Cuál error más grande en el que estás. Sí, sí. El universal se jugó en la tierra con gente de la tierra. Bla, bla, bla… ¿Qué importa? El significado es todo, te digo. Todo. El universal no fue un mundial más, no. Ni tocaba… el mundial se suspendió por el universal. ¿Acaso se hizo antes un mundial en el que todos los países participaran del evento principal?

—No…

—Yo te diré: No.

—Eso fue lo que…

—Bueno, bueno, bueno. A lo que vamos. Ya todos lo sabían, era obvio el desenlace. El universal lo ganó, por supuesto…

—Itali…

—¡Italia! No me malentiendas, ¿eh? Argentina no lo hizo nada de mal.

—¿Qué tiene que ver Argentina?

—¿Tú no eres argentino?

—Al lado.

—¡Ah! Sí, sí. Bueno, Chile… Tuvo su época a principio de siglo, digamos.

Es cierto que todos escuchábamos las historias de Luigi más por compasión que por gusto, pero no era un tipo desagradable ni mucho menos. Probablemente en su sección era el alma de la fiesta. En su familia, es muy posible que todos compartieran esa pasión fundamental. Luigi llenaba el ambiente y lo hacía de una forma grata. Quizás sin él a bordo hubiésemos acabado deprimidos luego de más de una década de viaje.

—¿Sabes Luciano?

—Dime Luigi, ¿pasa algo?

—Te quiero decir algo con mucha franqueza. Como amigo.

—Dime, confío en tu criterio.

—Pienso que tienes que atreverte de una vez.

—¿De qué hablas?

—He visto cómo la miras.

—¡Bah! Y yo pensando que ibas a hablar de algo serio.

—Tranquilo hombre, nadie nos escucha. Quiero decir, para mí al menos es bastante evidente. Nos conocemos hace algunos años, en lo que va de viaje.

—Me sorprende, Luigi. Eres más sensible de lo que creía.

—Sí, bueno, yo no lo llamaría…

—Nunca creí que conocería a alguien como ella.

—Oye, a todos nos pasa alguna vez.

—No sé, no sé si soy yo o si es algo más allá. Para mí JooHyeon es simplemente perfecta en todo sentido.

—¡¿JooHyeon?!

—¡Bueno, no hace falta que lo publiques!

—Perdón. Es que, ¿JooHyeon? ¡Yo estaba hablando de Fumie!

—¿Fumie? ¿En serio?

—Oye, tampoco hace falta que lo digas con ese tono. Bueno, da igual. Fumie, JooHyeon, lo que digo es que hagas algo al respecto. ¿Hasta cuándo piensas quedarte mirando? Así nunca va a pasar nada.

—¿Y tú?

—Ah. Ya verás. Estoy tendiendo el camino con Anilena, pronto haré mi jugada.

—Llevas un buen tiempo tendiendo el camino.

—Pero amigo, en serio. ¿JooHyeon?

El viaje a Júpiter fue tranquilo. A veces surgía algún desacuerdo, como en cualquier cosa, pero nunca tuvimos un conflicto importante. A ratos me pregunto si la selección del equipo había tenido la compatibilidad en consideración o si había sido coincidencia. Hacer una travesía de ese tipo con gente que a uno le desagrada debe ser terrible. Fumie estaba a cargo de todo lo relacionado con los sistemas del Tyrell 2 y navegación. Luigi estaba al cuidado de los huertos y provisiones. Vuestro padre mantenía supervisión sobre el equipo, organizaba actividades de distensión y asignaba labores especiales si era necesario. Anilena y yo nos encargábamos de tareas menores y asistíamos. Para las comidas nos turnábamos en equipos, vuestro padre o Anilena cocinaban y Luigi o yo asistíamos. Una vez convencimos a Fumie de preparar la cena. Entre risas, esperábamos a ver lo que traería. Anilena, Luigi y vuestro padre estaban convencidos de que sería una porquería. La verdad nunca lo supimos, porque nuestras papilas no lograron asimilarlo. Fumie parecía satisfecha, quizás era buena cocinera. Lo que sea que había cocinado, a nosotros nos sabía muy mal.

La vida a bordo no era aburrida, había mucho por hacer. Al principio, pasábamos la mayor parte del tiempo en nuestras habitaciones hablando con gente del archipiélago, incluso Fumie. Conforme nos acostumbrábamos a estar lejos, comenzamos a relacionarnos más entre nosotros. Al cabo de un par de años ya éramos como familia. Los martes y miércoles jugábamos algún juego de mesa, los viernes cocinábamos algo especial y los sábados hacíamos fiesta. Algunas veces bebíamos, otras conversábamos, otras probábamos drogas recreacionales, las menos hasta bailábamos. Luigi solía pasarse de copas y Anilena, alguna que otra vez, también. Cuando ambos estaban ebrios, los demás nos sentábamos a reír de las trascendentales y acaloradas discusiones que sostenían.

Recuerdo, en particular, una vez que fumamos cannabis. No podía parar de reír, aunque hablábamos de nada. Estaba apoyada sobre el hombro de vuestro padre observando a Luigi y Anilena. Para entonces, ya comenzaba a sospechar que tenía interés en mí y, aunque yo no estaba interesada en él, me divertía acercarme para incomodarlo. Luigi llevaba un buen rato contando anécdotas que nos eran familiares. Sin importar cuántas veces las repitiese, cada vez eran igual de graciosas. Anilena lo interrumpía constantemente para burlarse de él por algún detalle inexacto. De pronto, Luigi la miró haciendo una pausa solemne y lanzó finalmente el comentario que nos dejó a todos en suspenso.

—Nosotros deberíamos hacer pareja. Tú y yo.

—¿Qué?

—Sí, para que podamos discutir mejor. ¿Qué dices?

—¿Qué digo?

—¿Quieres salir conmigo?

El rostro de Anilena esbozó una sonrisa que no alcanzó a completarse antes de que se levantara de golpe y se retirara en silencio. De manera instintiva, miramos a Luigi esperando el siguiente acto de la escena dramática, pero se quedó impávido.

—Hay que darle tiempo.

Luigi se había tomado su tiempo para declararse a Anilena de muy mala forma. Esas cosas pueden hacerse de dos maneras: En primer lugar, la de los románticos empedernidos. La declaración se escenifica con desplantes y cortejos galantes, coronados por un acto significativo, como un poema o algo similar. Luego, está la forma natural, que es cuando dos personas pasan algo de tiempo juntas y en cada interacción casual merman la distancia entre sus cuerpos de manera casi imperceptible, hasta que es inevitable que se besen. Esta última solía ser más bien una ley de las interacciones amorosas, diría que la única forma verdadera. Por alguna razón ciertas personas, como era el caso de Anilena, esperaban algo más. Una demostración de amor. Tanto tiempo se había tomado Luigi, que ya no podía ser natural, como le hubiese gustado. Además, nos acercábamos a nuestro destino. Al día siguiente, Fumie solicitó la asistencia de Anilena en la sala de control. Había que preparar la nave para aproximarse a la atmósfera de Europa y el trabajo extra le serviría para distraerse.

—¿Puedes creerlo, Fumie?

—¿Luigi?

El tema no lo había abierto Fumie. Tampoco tenía claro si era bueno hablar de la noche anterior con ella o no. Había supuesto que ella misma acabaría descargándose.

—Sí, qué desfachatez.

—¿Qué fue lo que te molestó?

—Más bien, ¡qué no me molesta de ese patán!

—Pero anoche… algo te pareció especialmente mal.

—No sé Fumie, no lo soporto.

—Muchas veces las hipótesis en la ciencia resultan incongruentes al intentar comprobarse, porque las premisas básicas se plantean en desorden.

—¿Qué significa eso?

—Es lo mismo que navegar el espacio hasta Júpiter. ¿Sabías que el último tercio del trayecto lo hemos atravesado con todos los instrumentos de navegación apagados?

—Creí que habíamos viajado hasta aquí con un curso automático prefijado.

—No, es imposible. Hemos viajado mayoritariamente con un curso óptico. La cantidad de masa planetaria en esta región del sistema solar altera los campos gravitacionales de tal forma, que las mediciones de nuestros instrumentos son fútiles. Lo que hacemos, en cambio, es seguir nuestra estrella de David. Encontramos Europa en el telescopio y trazamos curso hacia ella. He estado repitiendo esta operación todos los días, corrigiendo nuestro curso. Gracias a eso hemos llegado hasta aquí.

—¿Y qué pasaría si hubiésemos seguido el curso automático?

—Probablemente hubiésemos acabado perdidos en Júpiter o hubiésemos llegado a otra de las lunas galileanas. Es increíble, pero hoy mismo tuve que corregir el rumbo en más de quince grados. Al hacer las observaciones, descubrí que estábamos con rumbo a Callisto, no sé cómo pasó eso. Lo mismo ocurría en la mayoría de las simulaciones que se hicieron antes de enviar el Flowen 1 a Callisto. La conclusión fue que la única forma de llegar a puerto era seguir un curso óptico. Literalmente, viajar mirando hacia donde vamos, como se hacía en la prehistoria.

—¿Qué tiene que ver esto con el desubicado comentario de Luigi anoche?

—Digo que a veces el planteamiento inicial está al revés. No tiene caso pensar qué es correcto, sino que hay que empezar desde cero.

Más tarde, Fumie me contó la conversación que había tenido con Anilena en notoria frustración. Me explicó que ella trataba de decirle que debían ser amigos, sin pensar en algo íntimo, y ver si realmente eran compatibles. Según eso, podrían intentar algo más o desistir.

—Y entonces Anilena me dice que tengo razón. Que la razón por la que le molestó tanto la actitud de Luigi es que a ella también le gusta él y esperaba algo más romántico. ¿Te fijas, JooHyeon?, ¿quién entiende a esa niñita?

A mí me parecía bastante sensato, quizás era lo que ellos necesitaban. No tuvimos mucho tiempo para discutirlo. Una alarma interrumpió nuestra conversación: nos aproximábamos a Europa.

—Cien por ciento. Ese es el estado de nuestra misión base.

Una ronda de aplausos siguió al anuncio.

—Las mediciones son satisfactorias, no hemos detectado niveles nocivos de radiación en Europa. Esto abre dos posibilidades para explicar por qué la tripulación del Flowen 1 se enfermó en su misión a Callisto. La primera es que Callisto mismo esté formado por material radiactivo del que no estamos en conocimiento. La segunda, que la afección responda a un origen distinto, no a la radiactividad. En cualquier caso, es probable que el fenómeno se circunscriba específicamente a Callisto y no tenga relación con otras lunas.

—Gracias Fumie. Si bien esto concluye el objetivo básico de nuestra misión, desde este momento se activa la fase adicional. Instalaremos puentes de Dyson entre Europa y Ganymede.

—¿Luego de eso retornaremos al archipiélago, o hay algo más?

—Es como dices Anilena. Luego retornaremos a casa. Pero hay algo antes, he determinado que nos acerquemos a la atmósfera de Callisto para efectuar mediciones de radiactividad. La información que tenemos hasta ahora es insuficiente para determinar qué afectó a la tripulación anterior.

—¿No es peligroso?

—Mientras no ingresemos a la atmósfera de Callisto, no tenemos de qué preocuparnos. Haremos todas las mediciones desde la nave, tal como lo hicimos con Europa.

Estaba hecho. Cambiamos el rumbo dejando Júpiter a nuestras espaldas y nos sentamos a ver la inmensidad del espacio delante. Había algo misterioso y tenebroso en lanzarse al vacío sin balizas. Pero, sobre todo, había algo erróneo.

—Algo no cuadra.

—Ciertamente no habíamos considerado la posibilidad de tener mediciones nulas en Europa, pero tampoco es extraño. Lo raro hubiera sido que el campo electromagnético entre Io y Júpiter tuviese tanto alcance.

Fumie estaba preocupada por otra cosa. Lo que no tenía sentido era lo que teníamos frente a nuestras narices.

—Quiero decir que a esta distancia deberíamos poder ver Ganymede y Callisto tan grandes como un asteroide cercano. ¿Dónde están?

—¿Estás segura?

Nos pegamos a las ventanas y miramos en todas direcciones. Nuestro camino se alargaba tan vacuo como nuestras hipótesis. Luigi se arriesgó con una pregunta que era ingenua, incluso para él.

—¿No es que estén en otro punto de la órbita? ¿No se encuentran al otro lado de Júpiter en este momento?

—No, Luigi. En estos momentos ambos deberían estar en línea con Europa. Es decir que, si no los vemos, tiene que haber otro motivo.

—¿Qué dices?

—Comienzo a entender qué sucedió con la tripulación del Flowen 1.

Su piel gruesa dejaba respirar ostentosos poros en sus costados, como anémonas que gozaban el aire frío jubilosas. Cada uno se correspondía con un retoño que había sido su vástago. A medida que un nuevo bulto aclaraba su piel, otro retoño caía al suelo dando botes. Miraba alrededor desorientado y se unía al resto en un forzoso sentido de familiaridad. Así crecía la familia del padre y la madre. Y así también crecía la madre, como si cada montón de carne dado a luz le agregara masa en vez de quitársela.

Por supuesto que las mediciones tenían que ser satisfactoriamente inocuas. Las fuentes de radiación que intentábamos medir estaban todavía muy lejos. Hasta entonces, creíamos que habíamos viajado hacia Europa, cuando realmente habíamos viajado siempre con rumbo a Callisto. Habíamos mirado siempre a Europa, el planeta celeste de hielo marcado por estrías subglaciales; evitando Callisto, el planeta gélido marcado por cráteres, una imagen muy similar a la del espacio mismo. Fumie había estado a cargo de marcar la trayectoria según esas imágenes y nos explicaba cómo podía darse el error.

—El problema es que, a cierta distancia, la forma en que se ven los planetas cambia radicalmente. La superficie de hielo de Europa actúa como un espejo gigante que la mimetiza con el entorno. Por su parte, el cambio en la escala de Callisto hace que suceda todo lo contrario. Deja de parecerse al espacio y se aprecian de forma completamente distinta sus colores y la superficie de hielo en relieve. En consecuencia, en algún momento, siguiendo ópticamente a Europa, acabamos por llegar a Callisto. A la tripulación del Flowen 1 tuvo que haberle sucedido exactamente lo opuesto. Llegaron a Europa pensando que se trataba de Callisto.

—Espera. Creí que el Flowen 1 tenía rumbo a Europa como nosotros.

—En serio Luigi. ¿Acaso leíste la misión?

—Y entonces, ¿por qué no fuimos a medir Callisto?

—Sí que lo medimos.

—¡Argh! Sí, pero pensando que medíamos Europa. ¿Por qué íbamos a medir un planeta distinto al origen del problema?

—Está bien, tripulación. La confusión es natural. Esos motivos son clasificados, pero se los contaré. Yo tampoco tengo todos los detalles. Solo sé que uno de los síntomas de la enfermedad que contrajo la tripulación original es la formación de tumores cancerosos.

—O sea, que suponen que tiene que ver con el fuerte campo electromagnético que existe entre Io y Júpiter...

—Exacto.

—Es decir, nos mandaron a medir Europa solo porque está más cerca de ese campo.

—Así es.

—¿Pero entonces, ¿por qué no nos enviaron a Io?

—Supongo que la hipótesis es que acercarse a Io sería demasiado riesgoso. Callisto y Ganymede podrían no ser medibles desde el espacio, hubiésemos tenido que considerar a la fuerza un alunizaje. De manera que lo más viable era medir Europa.

—¿Qué significa eso para nosotros?

—No es gran cosa. Significa que nuestra misión no está completa. Todavía tenemos que medir la radiación cercana a Europa e informar de todo esto a control para futuras incursiones.

El resto de la tripulación estaba consternada, lo habían tomado como un golpe bajo a sus egos. Dicen que es bueno tener un sentido de identidad relacionado a lo que uno hace, que ayuda a la productividad y la autoestima. Nunca me vi reflejada. Para mí, haber medido algo que no tenía valor y tener que volver a medir algo más allá, realmente no cambiaba las cosas en forma alguna. Apenas eran unos días más de excursión, en un océano de días que cabían todos juntos en una gota de Senesensa.

El resto del equipo todavía no reaccionaba sobre lo que sucedería a continuación, ni vuestro padre había dado una orden directa. No obstante, la indicación debía llegar eventualmente, pues no había otro curso sensato, de manera que Fumie reajustó el curso del Tyrell 2 con el imponente Júpiter frente a nosotros. Emprendimos el viaje hacia la verdadera Europa. La vista desde la sala de observación era majestuosa. En cuanto entré, me propuse pasar allí todo el tiempo de viaje que tuviese libre. Los otros también disfrutaron la vista, aunque el asombro les fue efímero y se retiraron pronto. Era una situación ideal para vuestro padre, que encontró en la imponencia de los astros el coraje necesario para hablarme.

—La primera vez que escuché tu voz supe que pasaría mi vida contigo, y eso es mucho decir desde el Senesensa. El juego de tonos agudos, vibrantes como el ondeo de una marea calma de lago que se mece bajo el viento gentil de la tarde. Un ímpetu de la belleza del alma que aflora en frecuencias sumamente medidas, para no dar otro espacio que el de permitirnos al resto de los mortales estar en un desacuerdo justo por mera compasión estadística. Tres palabras y tu silencio me bastaron para saber que comparto esta nave con la persona más pura de toda la humanidad.

—Luciano...

—¿Sabes? Nunca me gustó mi nombre hasta el día en que lo escuché de tus labios. Esa pausa escarpada antes de la última sílaba y el sutil aumento de tono en la segunda. Es como si mi nombre hubiese sido concebido para que lo pronunciases solo tú. A menudo te imito en mi mente para escuchar su sonoridad.

Creí que bromeaba. Ya me imaginaba que tenía que decirme algo un día, pero francamente había esperado una aproximación mucho menos audaz. Algo en mí cambió ese día. No era la forma de conquistarme, de conquistar a nadie. Quizás es algo que ya tenía dentro, algo que había construido a través del cariñoso trato al cual me había acostumbrado. Algo de la forma en que me miraba, la forma en que cada gesto suyo me hacía sentir que era la persona más importante del universo. Si hubiese podido decidir, no estaríamos juntos hoy. Si tan solo hubiese dependido de mí. Pero esa fue su decisión y, en el fondo, me alegro cada eterno día de que esté aquí para cuidarnos y amarnos. Algo que me pesa es que nunca le dejé saber cómo me sentía. Si pudiera volver a vivir ese momento, le diría algo antes de que sonase la alarma, siquiera haberle dicho que lo pensaría.

Fumie nos esperaba visiblemente atribulada. Los sensores habían detectado algo tremendamente inusual en la luna y su órbita. Entre nosotros y la atmósfera se interponían enormes cantidades de chatarra. Su composición, según los análisis preliminares, era una mezcla de metales y materia orgánica. Aún más extraño, en el radar figuraba una multitud de puentes de Dyson activos conectando Europa con Ganymede. El equipo de control no nos había informado de algo así. No estaban al tanto, incluso luego de recoger los restos de la tripulación anterior.

—Tengo lecturas de radiación menores. Nada nocivo, está dentro de los márgenes esperados.

—Fumie, explícame qué es esto de los puentes de Dyson activos entre Europa y Ganymede.

—Honestamente, no tengo la menor idea, capitán.

—¿Alguien tiene alguna opinión?

Los demás estábamos igual de confundidos.

—A ver, recapitulemos.

El puente de Dyson es una estructura que enlaza dos astros a través de una conexión de fuerza electro-gravitacional y cumple dos funciones. En primer lugar, produce energía a través de los diferenciales cinéticos entre los dos cuerpos. Segundo, permite viajar instantáneamente entre ambos. Para activar un puente de Dyson, es necesario instalar dos terminales sin obstáculos físicos entre ellos y sincronizarlos. Después, el enlace no puede romperse, aunque sí pueden desactivarse los terminales para cortar o permitir el flujo entre ellos.

—Puedo entender que la tripulación del Flowen 1 haya instalado un terminal en Europa y otro en Ganymede. Pero ¿para qué instalarían múltiples?

—Disculpe, capitán. Es cierto, yo tampoco lo entiendo, pero creo que no tiene caso darle muchas vueltas.

—Bueno Luciano, estás empezando a asustarme. ¿Qué quieres? Ya medimos y ya observamos, pues vámonos de una vez.

—Por una vez estoy de acuerdo con Luigi, tengo una mala sensación.

Fumie y vuestro padre tenían algo más en mente. Las observaciones abrían nuevas opciones en función de los objetivos de la misión.

—Entiendo que estén asustados. Las cosas que estamos viendo no tienen explicación y sabemos que algo enfermó severamente al primer equipo. Estos datos podrían indicar que el Flowen 1 se acercó a la órbita de Io, o que aquello que los enfermó se encuentra en Europa.

—Así es capitán, ambas cosas son factibles.

—Lo importante es que ya existe un puente entre dos lunas. En el panorama general, solo resta conectar Ganymede y Callisto. Con eso habremos concluido todos los objetivos básicos y complementarios de nuestra misión.

—Capitán…

—Luciano…

—No se preocupen. No vamos a acercarnos a Europa, emprenderemos rumbo directamente a Ganymede.

Anilena y Luigi no se convencían, pero la decisión era responsabilidad del capitán y había que seguir. Aunque nos sentíamos casi como hermanos, la jerarquía de la nave prevalecía.

El aterrizaje en Ganymede transcurrió sin percances. La luna mayor sí concordaba con nuestras observaciones desde el archipiélago. De todas formas, había algo fuera de lugar. En Ganymede solo había una terminal del puente de Dyson que conectaba con Europa. Habiendo múltiples terminales activas en Europa, habíamos asumido que debía haberlas también en Ganymede. No encajaba, si solo había una terminal, ¿hacia dónde conectaban el resto de las terminales en Europa?

Hasta ese momento diría que las cosas habían estado bien. Hasta ese momento habíamos estado sanos, fuera de peligro. Acercarnos a esa terminal fue lo que selló nuestro destino.

—Esto… esto nos permitiría observar la superficie de Europa.

Lo más extraño para mí fue que Luigi cambiase de parecer tan fácilmente. A Anilena también le sorprendió y lo reprochó sin articular más argumentos que sus emociones. Se sentía traicionada y eso le impedía pensar de manera lógica.

—No me malentiendan. Sigo creyendo que es peligroso, insensato incluso, ¡pero es una oportunidad única! Podríamos cruzar el puente, tomar una muestra y volver. Nadie tendría que arriesgarse, un instante en Europa es todo lo que necesitamos. Se necesitaría mucha más exposición para que la radiación nos afecte.

—No lo sé Luigi. Quizás tienes razón, pero no quiero poner a nadie en riesgo por algo que ni siquiera es un requerimiento de control.

Mirando atrás, si vuestro padre no hubiese dicho eso, tal vez ahora no me sentiría tan culpable. Si hubiésemos hecho todo como lo había dispuesto, tal vez ahora las cosas serían muy distintas, al menos aquí; aunque nada de eso hubiese cambiado lo que le sucedió al resto de la humanidad. Tal vez estaríamos bien los cinco, sería mejor que ahora. Me siento especialmente culpable porque, de no haber sido por mí, vuestro padre probablemente no hubiese dado su nave a vuelco. ¿Qué iba a hacer? La geografía de Europa era tan misteriosa como la posibilidad de vida bajo su hielo. En cierta forma, hubiese sido una aberración epistemológica que Luigi y yo no cruzásemos el puente para hacer observaciones. La discusión pudo ser eterna, pero bastó una palabra mía para que vuestro padre cediese y nos dejase ir.

—Cinco minutos, antes de eso deben estar de vuelta aquí o yo mismo iré allá a traerlos.

—¡Capitán!

Con una palmada en la espalda y la sonrisa de satisfacción que Anilena jamás perdonaría, Luigi se despidió para volver en un instante. Era un chiste dramático que a nadie le hacía gracia, salvo a mí. Siempre creí que tomarme las cosas con demasiada calma era mi mejor cualidad; nunca esperé que pudiese ser la causa de tanta desgracia.

Cinco minutos eran demasiado, bastaba un segundo para apreciar la escena. Estaba claro dónde estaba el problema, qué había pasado con la tripulación del Flowen 1 y por qué había tantos terminales a ese lado. Eso fue justo lo que vimos: un centenar de terminales de Dyson uno junto a otro, incluido aquel por el cual habíamos arribado. No eran terminales normales, estaban alterados. O mejor, debería decir infectados. Parecían organismos vivos. Se mecían como gelatina de una forma que sus estructuras metálicas no debían permitirles y se desplazaban como movidos por un hambre caníbal. No bien llegamos, varios de ellos se aproximaron a nosotros, dejando un rastro grasiento como de metal fundido. De inmediato, le tomé la mano a Luigi y me di la vuelta para que regresáramos, pero él se resistió.

—¿Estás loco? ¡Vamos ya! No hay nada qué hacer aquí.

Sí que lo había, para él. Me siguió, pero no sin tomar antes una muestra en un frasco y guardarlo en su traje.

—¡¿Qué pasó?!

Fue recién en ese momento, cuando los otros reaccionaron a la expresión que llevábamos en nuestros rostros, que entendí la magnitud de lo que habíamos presenciado. Su impresión era un reflejo de la nuestra. Habíamos regresado tan pronto y tan asustados, que el resto del equipo imaginaba lo peor. Y lo que habíamos visto era peor que eso, pero no podíamos comprenderlo.

—A ver, dices que los terminales estaban vivos…

Mientras vuestro padre nos interrogaba, Fumie cerraba el puente para que los organismos no pudiesen cruzar.

—Fumie dijo que la chatarra espacial era una mezcla de metales con materia orgánica, ¿no? Pues eso mismo. No, no era solo una mezcla, sino más bien una fusión.

—¿Como si el metal cobrara vida?

—Tal cual, y que luego se hubiesen replicado. ¿Es eso acaso posible?, que se reprodujesen entre ellos? Y hay más, creo que tienen una tendencia a fagocitar.

—Eso es sumamente grave.

—¿Qué pasa, Luciano? Ibas a decir algo más.

—No importa. Eso fue hace casi treinta años.

—¿Qué era?

—Pensé que teníamos que avisar a control el peligro de la infección. Si es capaz de infectar metal, tal vez también sea capaz de afectar otros materiales. En el peor de los casos, los supervivientes infectados podrían acabar por contaminar el asteroide completo al que llegasen. Pero luego de treinta años, el equipo a cargo de ellos tiene que saber más que nosotros.

Luigi estaba pálido. Los demás asumieron que era la impresión del momento.

—¿¡Entonces, por qué no nos advirtieron nada de esto?!

—Porque no se suponía que pusiéramos pie en Callisto. O mejor dicho en Europa, que debía ser Callisto.

Quizás lo más lamentable de todo fue la amargura que se apoderó del ambiente a partir de ese momento. Nuestros días se acercaban a su fin y no lo sabíamos. No había nada que pudiésemos hacer al respecto. A veces pienso que fue entonces cuando me enamoré de un hombre que continuaba transmitiendo esperanza, mientras los demás estábamos asustados y pesimistas; aunque él no había estado al otro lado del puente, no había visto lo que nosotros. Con toda naturalidad nos indicó volver a la nave. Volaríamos hasta el otro extremo de la luna e instalaríamos un terminal. Luego, tres personas viajarían hasta Callisto a instalar el último. Una vez sincronizados, los demás cruzarían y emprenderíamos el viaje de regreso. Tan pronto el terminal estuvo en tierra, despegamos. Anilena y Fumie se quedaron ajustándolo; esperarían allí hasta que estuviera listo el nuestro en Ganymede.

El padre se abrió paso entre los retoños. Su sombra flanqueaba los cuerpos rechonchos, dibujando la trayectoria de los astros en el legado del suelo. Se detuvo a unos metros de la madre pareciendo un retoño más y levantó la vista hacia ella. Era un ritual solemne.

—Estamos casi listos. En cuanto Fumie y Anilena crucen, podremos volver a casa.

Luigi y yo no estábamos tan animados, él no había dicho una sola palabra en todo el traslado. Yo tampoco, aunque eso no era raro.

—Vamos a celebrar con la pizza margarita que prometiste, ¿no?

Luigi se quedó cabizbajo sin responder, fingiendo estar ocupado en el terminal. Ya estaba todo listo y solo restaba esperar que terminase la sincronización.

—¿Qué pasa?

—Hubo un error, hay que volver a sincronizar.

El error se repitió varias veces. Había dos opciones, el otro terminal estaba mal configurado o no había nadie sincronizándolo. La segunda posibilidad nos alarmaba. Con Luigi revivíamos la preocupante imagen que habíamos visto al otro lado de Europa. No teníamos más remedio que seguir insistiendo y esperar que se hubiesen descuidado momentáneamente. La pantalla llegó a 100% y el puente estaba activo, pero Anilena y Fumie no cruzaban.

—Algo pasa.

—Espera.

La tensión aumentaba cada segundo. Luigi, apoyado sobre el tablero junto al portal, parecía incapaz de contener algo que crecía en su interior. Miró fugazmente a vuestro padre, que adivinó su intención y se apresuró a detenerlo. Pero Luigi ya no podía más, iba a cruzar el puente. El cuerpo de Anilena se arrojó a sus brazos cuando se encontraba a milímetros del umbral. Se apoyó confusa en él un momento, sus ojos estaban rojos. De inmediato, se recompuso movida por una urgencia que la horrorizaba y se lanzó al tablero. Nadie alcanzó a reaccionar entes de que ella fuese capaz de cerrar el puente, dejando a Fumie atrapada en Ganymede.

Estábamos atónitos, algo de la escena se nos sobrevenía solemne. Sabíamos que debíamos respetar el criterio de Anilena, aunque quizás su reacción era por lo que habíamos visto Luigi y yo en Europa. Vuestro padre, en cambio, se detuvo apenas unos instantes y luego se dispuso a abrir el puente para Fumie. Se acercaba al terminal mientras dirigía preguntas al aire, que probablemente esperaba que Anilena contestara.

—¡¡No!!

Me convertí en la materialización de su alarido, interponiéndome entre vuestro padre y el terminal. Él no entendía, quizás pensó que la radiación había freído nuestros sesos en un delirio común. Parte de la voz de Anilena aún se mezclaba con sus sollozos. Al final, fue capaz de articular sus palabras.

—No tiene caso. No tiene caso. Es inútil. Nos quedamos contemplando el firmamento mientras esperábamos. Todo estaba tranquilo, estábamos solas nosotras y las piedras. Algo pasó, no sé. Algo debe haber pasado en el cruce a Europa. Eso de lo que hablaban ustedes dos. Eso nos siguió hasta Ganymede.

Miré a Luigi con preocupación. Podía ser que esa infección extraña hubiese cruzado el puente sin que lo notásemos, o podía haberse colado con nosotros mismos.

—Me sentí mareada sin razón. Le dije a Fumie: "se me mueve el piso". Ella estaba seria mirando en la misma dirección y me respondió: "no eres tú, es el piso que se mueve". Las rocas parecían haber cobrado vida, era como si todo el suelo del planeta se hubiera infectado con algo que lo hacía animarse —Hizo una pausa respirando agitada, le costaba continuar—. Comencé a retroceder hacia el terminal, pero Fumie se quedó en su lugar. Pensé que estaba en shock, se sobaba las piernas de una forma extraña; quise acercarme a ayudarla. Di unos pasos insegura, no entendía lo que estaba pasando. Ella me gritó, antes de que pudiese llegar, que no me acercara. Entonces miré sus pies, sus botas estaban unidas al suelo. Alrededor de ellas, una masa que parecía una amalgama de traje y piedras formaba una unidad entre ella y la roca. Le dije que se las sacara, pero ya era tarde. Su cuerpo…

Fue incapaz de seguir y rompió en llanto. No necesitábamos escuchar más, vuestro padre había comprendido que no había forma de salvar a Fumie. Quizás aún estaba con vida, pero ya no había arte capaz de rescatarla.

—Lo vi yo misma, es imposible escapar de ello. Por Dios Luigi, qué fortuna tuvieron ustedes de salir ilesos de Europa, no sé qué haría ahora…

—Me hubieses extrañado mucho, ¿no?

Desde muy pequeña lo he observado. Los humanos tenemos una brújula interna que supera por mucho las concesiones culturales. Existen momentos tristes, momentos solemnes y momentos felices, y siempre me llamó la atención la forma en que en ocasiones unos y otros pueden superponerse. El consumo de Senesensa se hizo disponible recién cuando yo tenía veintiocho años, así que, durante mi infancia, los funerales fueron mucho más frecuentes que en los últimos días de la humanidad. Vuestro padre es especial en ese sentido. Él nunca entendió esas cosas y era incapaz de reír en un funeral. Lo que quiero decir es que me queda ese consuelo. Anilena y Luigi vivieron sus últimos momentos en una complicidad profunda; un nivel de conexión humana que podría ser el sello perdido de lo que fuimos como especie. Si algo de bueno tuvimos, ese instante fue la representación más fiel.

—¡Imbécil! Claro que sí, ¿eres estúpido?

Mientras recibía una cachetada que dolía menos por su fuerza que por el cariño contenido, él acercó sus labios a los de ella y se besaron de la manera más intensa que jamás vi. Luego de unos momentos, Luigi se desprendió de Anilena con seriedad.

—Perdón.

—¿Qué dices?

Ella quería adivinar una broma pesada. Con todo, sus ojos ya estaban inundados.

—Sí, soy estúpido.

Sus ojos también lo estaban.

—No. Qué estás…

Ella lo asía con firmeza mientras sus lágrimas emulsionaban la rabia en pena. Luigi acercó la mano a su bolsillo, donde yo ya imaginaba lo que encontraría. Se levantó el pantalón y nos dejó ver el frasco en el que había guardado la muestra que se había llevado de Europa. La materia ya había infectado el recipiente, y aquel, a la vez, formaba ahora parte de su muslo. No había retorno para Luigi.

—¿No lo entiendes? No hay forma, déjame ir.

—No puedo.

Su voz era sombría, amarga.

—¡Tienes que dejarme! No voy a dejar que te ocurra lo mismo.

—No entiendes. No puedo.

Su voz se había serenado de golpe. No podía dejarlo ir. Anilena también lo tenía y no podía separarse de Luigi, pues sus pieles eran ya una palpitante masa continua.

Y así estuvo el padre, sus ojos fijos sobre la madre, inmóvil. Sin parpadear, sin respirar, durante una eternidad. Estaba determinado a permanecer así hasta que su piel se hiciese piedra y su corazón se congelase. Sabía que, en algún lugar de la gigantesca masa de carne, aún se encontraba la conciencia de JooHyeon.

Volvimos a cerrar el portal esperando que, al otro lado, en Ganymede, Anilena y Luigi hallasen paz unidos en su destino. Hasta entonces había sentido lástima por Luigi, desde el momento en que ambos vislumbramos el desenlace sellado por una simple toma de muestra. Pensaba que ese era el error que debía pesarle por siempre, pero descubrí que el error había sido antes incluso. Estábamos todos condenados desde que cruzamos el puente hacia Europa, pues la infección se encontraba también en mi interior. Podía sentirla como una fuente cálida que manaba desde mis entrañas. Algo vivo se apoderaba de mi cuerpo en cada centímetro. Si una cosa podía hacer para enmendarlo, era no permitir que vuestro padre también lo contrajese. Se acercó para abrazarme y lo esquivé sin tocarlo, de tal forma que cayó sobre la roca. En sus ojos ahogados pude ver que entendía, mientras repetía negativas que me sonaban a despedidas en un entierro.

—Esto no es un adiós. Siempre estaré aquí para ti.

—JooHyeon…

—Nunca te respondí…

Mis palabras fueron interrumpidas por lo único más grande que el amor de vuestro padre. La luz se extinguió de manera súbita. Fue como una explosión, pero sin la explosión. Todo lo que tenía que haber entre nosotros y el centro del sistema solar había desaparecido de pronto, engullido en la oscuridad. El sol no brillaba. En su lugar, surgido de ningún lugar, un gigantesco agujero negro se había tragado el archipiélago, la Tierra y probablemente todo el resto de las colonias humanas repartidas en ese pequeño espectro de la galaxia.

El estrés de la situación me había dejado extrañamente exhausta. Cerré mis ojos un momento, uno de esos momentos que no sabes realmente cuánto duran. Cuando quise volver a abrirlos me fue imposible. En realidad, ni siquiera sé si mis ojos seguían allí. Intenté sobármelos, tampoco pude, mis brazos y manos se habían esfumado. Desde entonces el sonido, los sabores, los olores y el paso del tiempo se desvanecieron. Aún puedo sentir la brisa fresca sobre la roca tibia, única prueba de que sigo viva. Pero hay algo que siento incluso con mayor claridad y sé que no es un invento de mi imaginación. Cuando se acerca, cuando se aleja, cuando descansa. Puedo sentir la presencia y el amor de Luciano. Es cada vez más fuerte y nos ama a todos. Los ama a ustedes también, pues son mis hijos.

Pero debía romper su promesa algún día. Dio unos pasos hacia la madre, que comenzó a retorcerse con ímpetu. Le advertía que no se acercase. El padre vaciló un momento antes de continuar, firme. Nada lo detendría. Abrazó la materia grotesca, in-

vestido del último vestigio de amor romántico que le quedaba a la humanidad. Su carne se fundió instantáneamente, sintió sus brazos quemándose y deshaciéndose. No gritó, no lloró. Todo lo que se escuchó fue una exhalación atropellada, mientras se atragantaba con la última bocanada de aire atrapada en lo que iba quedando de sus pulmones. La madre lo combatió en vano. No tenía caso, se entregó y lo recibió en su vientre.

Por fin, ambos fueron uno para siempre.

Degalón-216

A (1)

En el principio no había nada, todo era un vacío en el que las partículas se desplazaban agotando su energía sin más razón que el azar. Tuvo que pasar muchísimo tiempo para que las primeras moléculas comenzaran a formarse, ganando densidad. A medida que lo hacían, más partículas llegaban a fusionarse formando compuestos mayores. Es esa la ley que rige el universo en todas sus dimensiones: la compactación; en la medida que la materia se volvía más compacta, nuevas propiedades emergían de ésta.

Los primeros compuestos flotaban en la vacuidad de forma muy similar a cuando estaban disgregados. Adquiriendo densidad, se volvieron fluidos y luego formaron sólidos. Aquel fue el origen de los primeros planetas, donde la vida finalmente surgiría en destellos inconexos.

Ella devino apenas dos minutos y treinta y un segundos después de la creación del universo. Estamos hablando del mismísimo fin de los tiempos. En ese entonces era primitiva y rústica, tanto que ningún símil albergaba con la que observamos como ápice.

Es curioso cómo la vida es una de las pocas fuerzas que contradicen la entropía —y vaya qué fuerza—. ¡Cómo desafía la ley universal de la compactación! Es acaso la única moción que, cuanto más compleja se vuelve, más desordenada se organiza; para mayor ineficacia se perfecciona y en mayores dimensiones se dispersa. Mas, incluso cuando el curso de la vida alcanza un nivel de conciencia, acaba inclinado por fuerza propia y contraria a la que le es natural, sometiéndose a la ley de todas las cosas.

B (1)

—Me imagino que no vas a hacerme una escena si empiezo a comer antes de que lleguen todos.

—Lo único que te importa es comer.

—La gastronomía es lo único que importa. ¿Puedes creer que hace cien años todavía se hablaba de "comida" y "utensilios"? ¡Hace trescientos años todavía se hablaba de "envoltorios"! Me angustio de pensarlo.

—Hace trescientos años todavía era tema si es que como especie eventualmente nos autodestruiríamos.

—A propósito, ¿les llegó el anuncio de Compassar?

—Que hoy cumple trescientos años, ¿eso?

—Sí, leí por ahí que iban a dar un anuncio importante.

—Eso no puede ser, Compassar no hace anuncios.

—¿Entonces?

—Lo único que se me ocurre sería que…

—¡No! ¿Puede ser? ¿Ustedes creen?

—Hay una forma de averiguarlo.

—¿Vas a llamar a Compassar?

—Yo ya los estoy llamando.

—Según Encyks, el diálogo pregrabado dura dos minutos y medio.

—Ok. Programé un temporizador, se los estoy compartiendo ahora.

—Me puse nervioso.

—Jajaja, no podré pensar en otra cosa por los próximos dos minutos y medio.

—Sí, esto va a ser una eternidad.

—Bueno, técnicamente, dos minutos y medio son una eternidad si tienes el tamaño correcto.

—¡Cuidado! Entramos en el terreno filosófico de Tarry.

C (1)

El destino del sistema solar se selló el año 2218. Ese año zarpó desde Ceres la expedición Flowen 1. El objetivo era instalar un cinturón de Dyson en las lunas galileanas de Júpiter; un dispositivo diseñado para capturar la energía cinética de los cuerpos celestes y hacerla disponible al uso humano. No sería el primer cinturón de Dyson, pero sí el más ambicioso.

Dos cinturones anteriores existían. El primero —si podía llamársele así, pues era un prototipo—, había sido el que unía la tierra con la luna, también conocido como el "ascensor lunar". El otro, conocido como "el archipiélago", cosechaba la energía producida por el cinturón de asteroides. Por ese motivo, este último se había trasformado en la mayor colonia humana fuera de la Tierra.

La ambiciosa expedición del Flowen 1 estaba planificada a cincuenta años. El viaje entre Ceres, el asteroide principal del archipiélago, y Callisto, la luna galileana más alejada de Júpiter, duraría veinte años. La instalación de los puentes que conformarían el cinturón tardaría diez años. Finalmente, 20 años tardaría el regreso a Ceres.

Pero las cosas no salieron de acuerdo con los planes. Por un error de cálculo, la expedición del Flowen 1 aterrizó primero en Europa, la segunda luna galileana más cercana a Júpiter, en lugar de Callisto. Ese fue otro momento clave en la escritura de su sino. Desde Europa, la tripulación instaló un puente con dirección a Ganymede, la tercera de las cuatro lunas mayores. Mientras instalaban la terminal correspondiente en dicha luna, descubrieron la terrible enfermedad que habían contraído y que los haría regresar prematuramente al archipiélago.

A (2)

Las primeras formas de vida se distinguían marcadamente de las que llegaron a existir con posterioridad. La vida tuvo un largo camino de evolución, antes de que existiese algo similar a una organización entre formas de una especie.

Así como la vida existió apenas una fracción de segundos antes del fin del tiempo, la primera civilización llegó a formarse en una ínfima fracción final de aquella. Y para llegar al punto en el que las civilizaciones alcanzaron conciencia sobre su lugar en el universo, es necesario acercar el foco aún miles de veces más.

El ser civilizado estudió, conoció y descubrió que su existencia era ínfima. Que varios niveles dimensionales superiores albergaban distintos confines universales cada vez mayores. Así mismo los había inferiores, en los que un instante podía significar una eternidad, suficiente tiempo para comenzar y acabar una civilización. Y el ser civilizado se preguntó si acaso su propio universo se confinaba en el reducido espacio temporal de aquello que podía ser tan corto como imperceptible para seres de proporciones tan enormes, que jamás llegarían a enterarse de su existencia. Se preguntó cuál sería su propósito para una dimensión superior, si acaso era posible que la hubiera. Y se preguntó a dónde lo llevaría el universo, pues el ser civilizado había descubierto que no era estático. El universo se desplazaba a gran velocidad, en trayectoria vertical diagonal y curvándose ligeramente. Su velocidad, además, iba desacelerando, lo que sugería que se aproximaba a su destino final.

Estos seres ignoraban por completo qué tan imbricado se encontraba su destino con el de una civilización superior. Ignoraban que el arte directo de cada una de ellas llevaría a la otra a la obliteración.

B (2)

—¿Saben por qué el tiempo transcurre más rápido en la Realidad R?

—¡Yo sé!, es porque el cerebro funciona a una velocidad distinta que la del cuerpo. Así que cuando nuestra conciencia ocupa los simbits, se puede ajustar según esa velocidad nativa.

—Eso es cierto, pero además el tiempo mismo tiene una velocidad objetiva distinta.

—Patrañas. Lo que estás diciendo es imposible.

—Claro que sí, y el motivo es muy simple: el tamaño de los simbits. ¿Alguno de ustedes ha visitado alguna vez su cuerpo?

—¡Argh! Tarry, por favor…

—¡Ojo, que se nos espanta Cypri!

—¿Por qué te da tanto asco esa palabra, Cypri? ¿Alguien sabe por qué le da tanto asco esa palabra?

—Cortó el audio.

—¿Qué es esa mímica?

—Que le avisemos cuando cambiemos el tema, asumo.

—¿Entonces tú has visitado el tuyo?

—Es increíble.

—Pero ¿cómo?, yo ni siquiera sé dónde está guardado el mío.

—No fue fácil, pero el que busca encuentra.

—¿Y qué encontraste?

—Hay que ver para entender. El tamaño es absurdo.

—Para, ¿se puede salir de la Realidad S en un simbit?

—La Realidad R y la S están en el mismo espacio físico. Si sabes dónde están los servidores, puedes reubicar tus datos cerca de tu cuerpo y visitarlo. Pero te advierto, no estás listo para el cambio de escala. Yo mismo no entendí hasta que me lo explicaron. Eso que parecía una estela planetaria materializada hasta el infinito, era nada menos que un vello de mi hombro.

C (2)

Los intentos de la base por comunicarse con el Flowen 1 llevaban varios años siendo vanos. La última transmisión recibida consistía en balbuceos deformes, en los que el registro de voz no coincidía con ninguno de los tripulantes. Lo que se acercaba al archipiélago, si bien llevaba íntegramente la huella digital de la nave en cada aspecto, no era el Flowen 1.

Durante más de un año, estuvo suspendido cerca de Arvalg y resguardado con recelo en un perímetro de cien mil kilómetros. La humanidad no sabía a lo que se enfrentaba. Los motivos para la extrema cautela provenían exclusivamente de la apreciación remota. Desde donde habían enviado una nave metálica con cuatro personas de carne y hueso, había regresado una masa palpitante de tamaño varias veces superior. Los observadores concordaban en dos impresiones. La primera, era que aquello aparentaba ser un gran organismo vivo, quizás en una especie de prolongada agonía. La segunda, era que guardaba alguna semejanza con el Flowen 1, conservaba una cierta familiaridad.

El protocolo de manejo era estricto: prohibición total de contacto físico de cualquier tipo con el objetivo. El manejo se realizó exclusivamente a través de influencia gravitacional y todos los equipos se desplegaron en la vacuidad del espacio para las intervenciones. Incluso el uso de herramientas se sustituyó por influencia gravitacional, aun cuando ello implicó reducir significativamente el margen de intervenciones posibles.

Bajo tantos resguardos, los científicos creían estar a salvo. Pero el problema no es abrir la caja de pandora sin tocarla, el problema es su apertura.

A (3)

Llega un momento cúlmine en la historia de una civilización, en el que la vida deja de ser opuesta a la ley de compactación y adopta su curso. Asimismo, llega un momento en el que la necesidad de trascender los límites de su dimensión se vuelve colectiva.

Las tecnologías del ser civilizado se encogían hacía tiempo. Su búsqueda no solo se centraba en las estrellas que le eran invisibles por lejanas, sino también en las partículas, que lo eran por diminutas. Esa fue la dirección escogida, la llamaron microsingularidad: una tecnología capaz de replicarse a sí misma cada vez a menor escala. Cada progenie se encontraba más cerca del contacto con alguna microcivilización. Con todo, era previsible que tuviese límites. Llegaría un punto en el que las leyes físicas de su dimensión le impedirían continuar copiándose. La pregunta era si aquel límite bastaría para hacer contacto.

La respuesta fue reveladora, aunque menos fructífera de lo esperado. Existía otra civilización en una micro dimensión. Incluso más, en aquella ya habían hecho contacto con otra dimensión inferior en la que, a su vez, habían logrado lo mismo. Efectivamente, existían multitud de subdimensiones albergando fenómenos similares. Mas, no había forma de dialogar. Para cuando el ser civilizado recibió el mensaje de retorno, aquellos que lo habían enviado no existían hacía —lo que para ellos había sido— una eternidad.

Pudo ser coincidencia, o tal vez el universo tiene su forma de cuadrar las cosas en su justo momento. Como sea, justo entonces una civilización de otra dimensión superior hizo contacto con ellos y supieron exactamente lo que su incisión había significado en la inferior. Las dimensiones eran como cajas que se abrían una dentro de otra, con seres que observaban desde la siguiente en sucesión;

pero el mensaje que les llegaba a ellos era de índole completamente distinta.

B (3)

—Tuve una epifanía.

—¿De esto?

—Sí, es que es una revelación cósmica. Mira esto que hemos estado comiendo.

—¿Terminaron?

—Mira, creo que sí, pero yo que tú dejo el audio apagado un minuto más por si acaso.

—¿Qué hay con lo que estamos comiendo?

—Si te lo estuvieras comiendo con tu cuerpo, nosotros podríamos estar ahí teniendo esta misma reunión en simbits. Nos tragarías sin jamás enterarte.

—Ok, ok, qué asco.

—Cypri, pero si te acabamos de…

—Ya está, ya lo apagó de nuevo. Sigue Tarry, está interesante la idea.

—Lo que digo es que eso puede pasar realmente. En una subdimensión de tu tentempié, según la magnitud de la escala, el tiempo podría ser tanto más rápido que una civilización podría nacer, desarrollarse y alcanzar incluso un avance mayor al nuestro en lo que a ti te toma comértela.

—¿Qué pasó?

—Ahora entiendo a Cypri, tienes una forma de quitarle a uno el apetito.

—Impresionante, que Oske deje de comer es una hazaña.

—No sé si te sirva de consuelo. Quizás sea peor, pero a mi parecer lo que estoy diciendo no es solo una probabilidad. Es una certeza estadística.

—¿Que me estoy comiendo una civilización?

—Y que te has comido varias.

C (3)

Cáncer espacial, no era necesario dar rodeos. La afección que había transformado al Flowen 1 y a sus tripulantes —que quizás se encontraban allí dentro todavía—, era un tipo de cáncer. La principal diferencia con un cáncer tradicional era que había un ente biológico responsable, externo por supuesto. Por lo tanto, era transmisible, extremadamente contagioso. No se podía hablar de bacteria ni virus, incluso el término "ente biológico" era cuestionable. El hecho era que algo hacía que las moléculas de cualquier material que tocase se dividieran, al igual que lo hacían las células a través de la meiosis. Claro que la división no terminaba allí. En el caso de las células, incluso los organelos al interior de ellas se dividían. El ADN, cada proteína, se dividía también, y cada molécula de ellas a su vez. La gran pregunta era hasta qué punto podría continuar dicho algoritmo.

Lo espeluznante era que no solo los organismos vivos se veían afectados. Al simple contacto, el cáncer se transmitía incluso a objetos inanimados, no había barrera alguna que pudiese detenerlo. El asombro de los científicos crecía y el volumen del Flowen 1, que hasta entonces lo había hecho también, súbitamente mermaba. La división había sobrepasado las partículas más ínfimas, mucho más allá de los átomos. Ese efecto estaba cambiando la anatomía química en un proceso similar a la fusión nuclear. Se estaban produciendo átomos más pesados, mucho más que cualquiera conocido. Contemplaban la génesis de nuevos elementos más allá de la tabla periódica.

Hay quien opina que lo maravilloso del ser humano es su capacidad para encontrar utilidad hasta en lo más macabro. El Flowen 1 dejó de ser un tumor para transformarse, a los ojos humanos, en una maravilla de la ciencia.

A (4)

El mensaje era críptico y devastador. Para el ser de una dimensión superior, el ser civilizado no era más que un instrumento. La microsingularidad del universo superior llegaba a ellos como una maquinaria apoteósica, que momentáneamente nublaba las estrellas y traía consigo dos bloques compactos con la instrucción de ensamblarlos. El ensamblaje era de extrema simpleza para el ser civilizado. ¿Podía ser que el desarrollo tecnológico de la dimensión superior fuese tan arcaico y con todo capaz de utilizar microsingularidad? No, probablemente se debía a que las leyes físicas a las que estaban sujetos los bloques en la dimensión anterior impedían la unión.

Pero quedaba una interrogante, ¿por qué se les solicitaba producir un compuesto prohibido según sus leyes físicas? Aquello conllevaba el riesgo inminente de lo que solo podía pensarse como una ruptura en el universo. Un agujero negro, tal vez. ¿Por qué el ser superior ansiaba crear un demonio físico? Una bestia teórica que podría destruirlo. ¿Era soberbia?, ¿era acaso una forma de demostrarles lo poco que su propia existencia significaba para los entes superiores?

Había algo de ironía en ello, pues el ser civilizado había descifrado también en ese momento, finalmente, el mayor misterio de su cosmos; el motivo por el que su universo se desplazaba en una trayectoria tan antojadiza, que ningún modelo físico podía explicar sin el uso de fuerzas exteriores mayores que el universo mismo. El motivo descansaba en las manos de los mismos seres que entonces hacían contacto con ellos. Y en esas manos el universo se dirigía hacia las fauces de una destrucción inminente.

Quizás intentar retornar el contacto y pedir auxilio para su dimensión a cambio de la tarea que se les solicitaba era ingenuo, pero no había más opciones de salvación para el ser civilizado.

B (4)

—¿Ahora sí?

—Creo que ya terminaron.

—¿Me perdí de algo importante?

—A ver, Tarry acaba de hacerle el genocidio a una civilización entera. Eso nomás.

—¿Qué?

—Jajaja, no importa, después te explico.

—¿Qué le pasa a Oske? ¿Por qué no está comiendo?

—Déjalo, tiene que arreglar asuntos con su bocado.

—¿Efecto Tarry?

—Efecto Tarry.

—Oye, dijiste algo de los servidores físicos de la Realidad S antes. ¿O sea que estamos en un lugar físico?

—Pero estamos en Ceres, ¿cierto?

—No, pero estamos en el archipiélago, en la estación científica de Arvalg.

—¿¡Qué!?

—¿¡En Arvalg!?

—Pero ¿cómo? Hay rumores de que están haciendo experimentos con algo que podría cambiar la suerte del sistema solar. Algo relacionado con el proyecto Dyson en Júpiter. Es ultrasecreto y ultra prohibido.

—Quizás, pero también es la mejor conexión en todo el archipiélago. ¿Nunca se preguntaron cómo tenemos tan buena señal?

—¡Sh! Acabó el conteo, el menú de Compassar está por terminar.

—¡Aaah! ¡Ponlo en altavoz!

—*...sione 9. Para servicios de degalón-216, presione 0.*

C (4)

"Es un gas noble". Ante ellos flotaba inerte un densísimo sólido opaco de apenas unos centímetros cúbicos, que antes había sido una nave con capacidad para cuatro personas. Según sus progresiones de la tabla periódica, el peso nuclear de aquella materia debía corresponder a un gas inerte, es decir, un gas en el que la baja reactividad de los átomos dicta que no interactúa siquiera consigo mismo. Pese a ello, se plantaba frente a ellos como un sólido. En realidad, no era tanta la sorpresa de que el elemento número 167 de la tabla periódica fuese un sólido. Ya se contaba con el gas noble oganesón, el cual había probado ser un inusual fluido. La pregunta real era si aquel elemento continuaría haciéndose más pesado. Era una pregunta relevante, pues ya en ese punto había comenzado a ejercer una influencia gravitacional significativa sobre su entorno. El potencial para la tecnología gravitacional era impensado, perfeccionarlo más podía significar una fuente de energía ilimitada.

Degalón-216, el maravilloso noveno gas imaginado en la tabla periódica, la piedra filosofal del futuro moderno. Aquel tumor se había transformado en la puerta de entrada a aquello que la ciencia siempre había anhelado. De inmediato, los científicos arrancaron sus esfuerzos. Durante dos años se dedicaron a estimular y catalizar las fusiones, pero no lograban superar el elemento 214. Una de las dificultades mayores era el implacable campo gravitacional que contraía dicho átomo. Tanto así, que la suposición era que el enorme peso del compuesto 215 sería tan inestable, que se fusionarían automáticamente las moléculas faltantes en el compuesto más pesado, el 216.

Finalmente, el humano admitió que la cuestión escapaba a sus posibilidades. Eso no significaba que era imposible, sino que debían acudir a una ayuda externa. Era el momento de probar una tecnología revolucionaria: la microsingularidad.

El mensaje enviado a una microdimensión solicitaba que se ensamblaran las partes al compuesto 214 para formar una simple unidad atómica de 215. Los científicos preveían que la unión de ambos átomos sería suficiente para desencadenar una reacción que acabaría por producir el degalón-216. La respuesta fue extraña, pero satisfactoria. La reconstitución del dispositivo microsingular regresó con el mensaje: "No sabemos por qué querrían esto, pero a cambio, todo lo que pedimos es que antes de que lo unan impidan que Tarry nos mastique".

Lo que ocurrió luego, pudo ser observado solamente por lo que quedaba de la expedición Tyrell 2 en Callisto. Todos los demás fueron víctimas de ello.